文春文庫

ガーデン

千早 茜

文藝春秋

目次

ガーデン

初出　別冊文藝春秋　三一五号〜三二二号

単行本　二〇一七年五月　文藝春秋刊

1

目に映るもの、耳に響く音、皮膚の感触、すべてが鈍くなる時がある。まるで、ぶ厚い水の膜が僕と世界の間にあるように。

生唾を飲み込み、まばたきをする。恐怖も焦りもない。何もかもが緩慢な中で、光だけを鮮烈に感じる。ブラインド越しの太陽光が斜めに線を描いて、僕の頬骨に、髪に、肩に、膝に、手の甲に、透明な矢を射かけてくる。脳がちかちかと震え、光のみに意識が触れる。植物たちはこんな世界を生きているのだろうかと想像する。その間も光は絶え間なく降りそそぐ。

「ターニングポイント」

ふいに投げかけられた言葉に我に返る。

顔をあげると、デザイナーの江上さんが無精髭を撫でさすっていた。「そういうのある？」と言いつつ、視線は僕の後ろの本棚に向けられている。ビジネス雑誌の見出しで

8

も目に入ったのだろうか。

僕を包んでいた膜がゆっくりと剝がれ落ちていく。オフィスの奥にあるプリンターの動作音がやけに大きく耳に飛び込んでくる。

僕は打ち合わせを終えたばかりの誌面ラフ画をファイルにしまいながら、「いやいや」と笑ってみせた。

「いたって平凡な人生ですから。新卒からずっと同じ出版社ですし、江上さんみたいのはないですよ」

大手企業を辞めて、このデザイン事務所を立ちあげた時の思い出話でもしたいのかと思い、さりげなく話をふってみる。江上さんは透明なフレームの眼鏡を外して目頭を揉んだ。

「んー、ターニングポイントじゃニュアンスが違うな。ええと、なんていうのかな、仕事だけじゃなくてね、人生の転機っていうのか、分岐点というか、ああ自分はあそこで変わったなっていうポイントみたいなもの。なんか春ってさ、そういうことを考えてしまう季節だよね」

そう言った後、「歳かな」と相好を崩す。目尻の皺に愛嬌が滲む。

「羽野くんはないか、まだ若いもんね」

「三十過ぎてますけど」

江上さんは胸ポケットをまさぐりながら「へえ」と驚いた顔をした。

「最近の子って、みんな若く見えるよね」

煙草がきれたようだ。事務所は今風に整えていても、グラフィックデザイナーのアシスタントの子は前時代的なヘビースモーカーが少なくない。江上さんは通りかかったアシスタントの子を呼び止めた。

「オカと同じ年くらいじゃないか」

大きな丸眼鏡にボーダーカットソーを着た女の子は、否定するでも肯定するでもなく「煙草買ってきたらいいんですか?」と言うと、僕に軽く会釈をして去っていった。芸大をでたばかりの子かと思っていたが、江上さんのあしらいぶりは年相応な感じがした。紹介でもされるのかと身構えてしまったので、ちょっとほっとする。

江上さんはつまらなそうに「やっぱ東京だからかね」と煙草の空箱を潰した。

「俺の実家ってけっこうな田舎なんだけど、男も女もすぐ結婚して親の顔になっちゃうんだよね。こっちだと、なかなかでしょ。それでも困らないっていうか、一人で完結しちゃってるというか。みんな、きちんとしているんだけど、気配が幼い。羽野くんもそんな感じじゃない」

「幼い」は嫌だなと思ったが、「若い」と婉曲表現を使われる居心地の悪さよりはましな気がした。とはいえ、こういうことを率直に言ってくる江上さんも四十過ぎには見え

ないし、ただよわす気配は同じように幼いのではないかと思う。けれど、ひとまわり近く歳の違う仕事相手と年齢の話をしても平行線であることは間違いないので、「まあ、確かに今のところ結婚の必要性は感じませんね」とゆるく迎合しておく。

「必要性ね」と江上さんが乾いた声で笑う。それから、「俺さ、この間、入籍したんだよね」とぽそりと言った。失敗したか、と思ったが、僕の言ったことを気にとめたようではなかった。

「相手に子供ができちゃってさ。もう引っ越しもしたんだわ」

それでターニングポイントか、とやっと合点がいく。

「じゃあ、朝まで事務所にいたら駄目じゃないですか」

「いま、つわりがひどくて実家帰ってるから。でもさ、俺、これから変わると思うんだよね。正直、もうちょっと独り身でいたかったけど、子供できたって聞いた時、嬉しかったしさ」

「良かったですね」

江上さんは、ははははと大きな声で笑った。

「ちっともそう思ってないでしょ」

「江上さんはもう充分遊んだし、そろそろ年貢の納め時だと思いますよ」

「羽野くん、物言いが老けてるよ。年貢っていつの時代だよ。まあ、でも、これからは

好きにはできないだろうな」

ぽやきながらも悪くない気分らしく、江上さんはしばらく自分の話をした。入籍した女性は、以前、イタリアンレストランで一緒にいるところを見かけた女性とは違うようだった。江上さんは僕が入社する前からうちの会社と懇意にしているデザイナーで、常に新しい試みを提案してくれる上に仕事も早く丁寧で頼りにしている。仕事上の尊敬と信頼以外に僕が江上さんに求めるものはないけれど、互いのプライベートをほんの少し打ち明け合うと、不思議なことに仕事はよりスムーズになる。適度な親密感は潤滑油、とは大久保編集長の口癖だ。

オカと呼ばれた子が戻ってきて江上さんに煙草を手渡すと、会話が途切れた。そのタイミングで「ありがとうございました」と言って立ちあがる。僕は煙草は吸わない。事務所のドアを閉めた途端、江上さんの言いたかった言葉は節目だったのではないかと気付いた。

テナントオフィスが並ぶ薄灰色の廊下を進んでエレベーターを待つ。

淡い光を感じて横を向くと、細長い窓があった。空はいつの間にか曇っていた。金網の入った窓ガラスの向こうに鈍い鼠色のビル群が見える。はるかな海原にさざめく不吉な高波のようだ。ビルのまわりの空気は廊下に似た灰色にけぶっている。

眺めていると、胸のうちがざわざわしてきたので深呼吸をひとつした。

派手なターニングポイントはなくても、節目というものは誰の人生にもある気がする。結婚や離婚、女性なら出産をあげる人もいるだろうし、学生から社会人になった時をあげる人も多いだろう。人には言えないごく個人的な出来事の場合もあるかもしれない。

僕にとっての人生の節目はわりとはっきりしている。人生といってもたかだか三十ちょっとしか生きていないので、人生の節目という言葉を大げさだと笑う人はいるかもしれない。けれど、人から見て短くても僕にとってはそれなりに長い人生で、年表に線をひくような節目は確かにあった。

頭上のオレンジ色の光が点滅し、エレベーターの扉が音もなく開く。もう一度、窓の外を見渡してからエレベーターに乗った。

僕の人生の節目。それは、小学校六年生の時だ。

僕は日本で生まれ、父親の仕事の関係で海外で育ち、小学校六年生の時に帰ってきた。それから、ずっとこの巨大な首都に住んでいる。

はじめて見た時、灰色の街だと思った。その印象は二十年間変わらない。

エレベーターを降りると、隣のオフィスビルの一階にチェーン店のコーヒーショップができているのが目に入った。

腕時計を見て、昼食を食べ損ねたことに気付く。朝いちでと打ち合わせをお願いして

も、江上さんにとっての朝とは昼のことなのでいつもこうなる。

禁煙であることを確認してコーヒーショップに入り、どっしりとしたシナモンロールとトールサイズのコーヒーを頼んで、トレイで奥の席に運ぶ。店内の客はまばらで、みんな一人でパソコンなり携帯電話なりの電子画面に見入っていた。テラス席は無人だった。まだビル風が寒い。

コーヒーをひとくち飲んで、また江上さんのことを思いだした。

変わる、と言っていたけれど、彼はおそらく変わらないだろう。

生活スタイル、性格、考え方、仕事への姿勢。何がどう変わっただろう。変わったとみなされるのかはわからないが、ほんとうの変化というものは後で気付くもののような気がする。転機でも、分岐点でも、節目でも、ターニングポイントでも、同じことだ。そして、そのポイントとは、くるりと変質した瞬間というよりは、変わるのを止めた場所なのではないかと僕は思う。変わり続けることが常の生の中で、標本箱にピンで留められた昆虫のように、ぴたりと自分のかたちが定まり、時間を止めた瞬間のことをいうのではないだろうか。つまりは定点。

トイレに立ったスーツ姿の女性が、僕の隣の観葉植物の葉を揺らした。店内にはあちこちに一メートル以上の観葉植物が置かれている。移動で弱っているのか、世話をする人がいないのか、葉のつやが悪い。開店したばかりの真新しい内装の中でくすみが余計

に目立っている。

手を伸ばし近くの観葉植物に触れる。つんつんと尖った葉の生え際にうっすら埃が積もっていた。幹にフラワーショップのラベルがついたままになっている。安っぽい金色の文字で「青年の樹」と書かれている。嫌いな流通名だ。学名はユッカ・エレファンティペス。初心者向けの育てやすい観葉植物。

軽く引っ張ると、ぷつんとした手応えと共にラベルが取れた。紙ナプキンの下に隠してしまう。

人は分類が好きだ。昔は僕にも「帰国子女」というラベルがついていた。

学校という閉鎖的な空間では、このラベルは目立つもののようだった。属する集団と少しでも違うことをすれば、「やっぱり帰国子女だからかな」と微妙な笑顔を浮かべながら線をひかれる。敬語を使えないとか、率直にものを言うとか、協調性がないとか、一般的に言われている帰国子女イメージの片鱗が見えようものならば、異分子として決定されてしまう。

ラベルをつけるのが悪いこととは思わない。知らない人間同士がひしめき合って暮らす社会において、自分の身を守ったり、円滑なコミュニケーションをとったりするためには必要なことだ。けれど、偏見に満ちたラベルをつけられると非常に困る。他人がつけたそれを自分で剥がすのは容易ではない。

だから、僕は自分の立ち位置を慎重にはかりながら学生時代を過ごした。一般的な帰国子女のイメージに添わない言動を心がけたし、異分子とみなされそうになると、口をつぐむ気配を殺してなるべく目立たないようにした。英語の授業で教科書を音読する時も、わざと下手くそな発音をした。

否定的な印象には対策をたてることができる。面倒なのは、「帰国子女は格好いい」と理由もなく思い込んでいる安易な肯定派だ。「いいことなのだから隠すべきではない」とか「人と違う特別な経験は貴重だよ」とか言って妙な正義感で干渉してくる。そういう人に限って、素を見せると「調子に乗っている」と急に手の平を返してきたりする。

放っておいて欲しい。

それが、僕が他人に求める唯一のことだった。もちろん、口にだしたことはなかったけれど。

携帯電話が振動して、同じ編集部の森田くんからメールがきた。「満開!」という題名に、まだ五分咲きくらいの桜の写真が添付されている。

今春の特集号はもう先月に発売されているので、彼は来年の『大人の花見』特集のための写真を撮りに行っている。季節ものの特集をやろうとするとどうしても一年計画になってしまう。まだ一年先だという余裕のせいか、森田くんは若干遠足気分な気がする。

――撮影のあと、花見しましょう! 親睦会をかねて。

メールの文面にため息がもれる。きっともう部署の全員に送っているのだろう。六月に異動がある会社で、どうして四月に親睦を深める必要があるのか。とりあえず他の社員の反応を見てから考えよう。今日の最後の撮影は浜離宮のはずだ。花見には触れず『そこは菜の花も見ごたえあるよ』とだけ返しておく。

花見はそんなに好きではない。花を眺めるのは好きだけど、花だけが植物の良さだと思っている人に植物のほんとうの美しさはわからないと思う。そういう人たちに混じって酒盛りをしたくないし、ほんとうに美しいものは一人で見たい。

森田くんから「ありがとうございます。見てきます！」と返事がくる。もし彼が僕のラベルを知っていたら、飲み会に積極的でないことも、花見を嫌がることも、そのせいにされるのかな、と思いながら携帯電話をしまい、ウェットティッシュで手を拭いた。

シナモンロールは少し甘すぎた。歯の裏にくっついた粘っこいアイシングをコーヒーで流して、もう一杯飲もうか悩みながら外を眺める。都会の春は相変わらず風が強く、埃っぽい。道行く人が前かがみになってコートの裾を押さえている。

もう一度、枯れかけた植物に触れて、早く家に帰りたいな、と思った。

小さい頃、僕は楽園にいた。

三階建ての大きな家の横には広いテラスとプールがあり、敷地内には畑と使用人の家、

そして小さな果樹園までもがあった。使用人は家政夫と庭師、運転手、そして、昼夜交

代制の門番が二人いた。

僕の家が格別裕福だったわけではない。

そこが、日本ではなかったからだ。

貧しい国だった。家のまわりは防犯のため、ぐるりと高い塀で囲われていた。塀の上

にはガラスの破片が埋め込まれ、鉄条網が張られていた。家のすべての窓にも鉄格子が

はめられていた。いま思えば刑務所のようだが、高級住宅地の家はどこもそうだった。

その一角を離れると、飢えと渇きに支配された荒廃した土地が国土の大部分を占めて

いた。日本人学校からの行き帰りの車の中で、自分と同じくらいの歳の子が物乞いをす

るのをよく目にした。住んでいた国の事情もよくわかってはいなかった。子供だった僕は親に連れられて行ったに

過ぎず、自分の住んでいる国の事情もよくわかってはいなかった。その国は治安が悪か

ったせいで自由に外出することもできなかったし、僕が行きたいと思う場所もなかった。

僕はただ学校と家との往復の中で、その国の現実をガラス窓越しに眺めるだけだった。

埃っぽい黄土と穴ぼこだらけの道路を越えて塀の内側に戻ると、そこは眩い緑に覆わ

れた別世界で、手入れの行き届いた庭が広がっていた。車を降りると、植物の青々とし

た香りが僕を迎える。均一に刈られた芝生のスプリンクラーが虹を作り、家へと続くス

ロープの横の垣根には赤紫のブーゲンビリアが年中燃えるように咲いていた。

　一人っ子だった僕は、ほとんどの時間を家のプールで泳いで過ごした。身体が冷える

と、庭で一番大きな木の根元に寝そべって昼寝をした。

　頭上で葉擦れがさわさわと鳴り、夢と覚醒のはざまで僕は庭と一体になった。

　蛇がバナナの幹を這い、トカゲが石の上で銀色の腹を波打たせながら日光浴をする。

庭師が伸びすぎた枝を長鋏でぱちんぱちんと切り落とす。その枝が芝生で跳ねてゆっく

りと転がる。辺りに漂う樹液の青い匂い。乾いた風に葉が揺れる。熟れすぎたグァバや

パパイヤの実が落ち、甘ったるい果肉を飛び散らせる。滴る甘い汁に寄ってくる鳥や翅

虫たちのはばたき。草の陰や土の下でうごめく小さな生き物たちのひそやかな気配。そ

して、太陽の下でむくむくと増殖する植物たちの細胞。

　そういったものが、見えないはずなのに見えた。感じられた。

　僕は広大な庭の隅々までを知り尽くしていた。僕は庭の中にあり、同時に庭は僕の中

にあった。その奇妙な溶解感は圧倒的な快感をもたらした。

　あの頃、僕の世界は庭だけだった。

　時々、思う。いま、あの庭はどうなっているのだろう。あの日は雨だった。

　日本に帰ってきた時、僕は愕然とした。モノレールから巨大な灰

色の街を眺め、わけがわからなくなった。

　こんなに雨が降っているのに、どうしてこの街は沈んでいるのだろう。向こうで水が

あれば、まわり一面が潤うのに。植物は碧く瑞々しく葉を広げ、空気は輝きだすのに。

灰色の街は無表情のまま、雨粒をただただ呑み込んでいた。潤うどころか、川も皇居の濠も底の知れない濁った緑色を深めていた。

やがて、土がないからだと気付いた。コンクリートで埋められたこの街では、水は行き場をなくして澱むのだ。澱んで腐って、空気も汚していく。

息が苦しくなった。暗い感情がぐるぐると身の裡で渦巻いて、眩暈で立っていられなくなった。吐き気がするのに、吐くことができない。

自分も澱んでしまう、と怖くなった。

ホテルの部屋から動けなくなってしまった僕に、母親は苺を買ってきてくれた。

苺はつやつやと赤く輝いていた。皮を剝かなくても食べられる果物は、荒々しい南の国にはほとんどなく、その可憐な姿と繊細な甘さに僕は救われた心地がした。

苺はきれいだった。やっと世界に光が点ったような気がした。

人間が食べるためだけに作られた柔らかな果実を、僕は手づかみで口に運んだ。

甘酸っぱい果汁が喉を流れ、もうあの庭には帰れないのだと悟った。

一人だと思った。この国にはこんなに人がいるのに一人きりだと感じた。

家族、恋人、ペット、友人、そういったものを失う痛みなら、多かれ少なかれ理解してもらえる。喪失として認められる。けれど、帰る庭を失った喪失感を誰にどう伝えて

ば理解してもらえるのだろう。

その答えは二十年経っても見つからないままで、僕はずっと見えない塀の中にいる。

編集部はどの部署もたいがい雑然としている。各々の机には雑誌や本が山と積まれて資料という名の垣根ができているし、給水器のまわりには様々な種類の菓子が供え物のように置かれている。

僕の部署はミドルエイジを対象とした生活デザイン雑誌『Calyx』を刊行している。都会的でハイセンスなライフスタイルを提案する月刊誌なのだが、編集部内に洒落っ気らしいものはひとつも見当たらない。

それでも、先週校了したばかりなので、今日は部署の乱れ具合も雰囲気もかなりましだ。昼過ぎのゆるい空気が流れている。席はまばらで、大久保編集長は眠気覚ましか、会議前の時間潰しか、机の間をぶらぶらと歩きまわっている。副編集長の高津さんはライターたちと女性だけでかたまって何やら話し込んでいる。

ホワイトボードに書いた行き先を消して席につくと、複合機の前にいたミカミさんが小走りでやってきた。ワンピースのような長いシャツに大きめのカーディガンをはおり、細身の柄パンツをはいている。足もとはたいていスニーカー。彼女はいつも大学生のような服装をしている。

「羽野さん、夕方からお花見だそうです」

若い子たちは森田くんを中心にしてグループラインで繋がっているらしい。参加していない僕に気を遣って教えにきてくれたのだろう。ミカミさんはアルバイトだが、編集部のどこに何があるかを誰よりも把握しているし、真面目でよく気がつくので、みんなから「ミカミちゃん」と呼ばれて可愛がられている。バイトさん、なんて呼ぶ人は誰もいない。

「うん、森田から聞いた」

「ありがとう」と言おうとした途端、ミカミさんは大きなくしゃみをした。身体全体が勢いよく震える。毛を逆立てた子猫みたいだな、と思っていたら、ミカミさんは「すみません！」と吹っ飛ぶように後ろに下がった。口のまわりをカーディガンの袖で覆いながら「ごめんなさい」と頭を下げる。鼻声だった。

「いや、いいよ。大丈夫？　風邪？」

「いえ、違うと思います。だいじょうぶです」

「じゃあ、花粉症かな。マスクした方がいいよ。一枚いる？」

鞄に手を伸ばすと、ミカミさんは首をぶんぶんと横にふった。「だいじょうぶです。買ってきます」と言った後に、はたと僕を見た。

「花粉症なんですか？」

「いや、全然」

「なのにマスクを常備しているんですか？」

「うん。電車乗る時、けっこうつけるから。人の匂いに酔うこともあるし、地下とか空気が澱んでる気がするんだよね」

ミカミさんは一瞬きょとんとした。つまらないことを言ってしまった。「花見って浜離宮だよね」と話を戻す。「あそこ、閉まるの早くなかった？」

「はい、五時です。入園は四時半までです」

「みんな行けるの？」

「普通に考えて間に合わないと思いますよ。花見は森田さんたちだけですよ。みなさん、飲み会から合流することになると思います。築地でお寿司ですって」

今日の撮影はうちの編集部ではめずらしく女性モデルを使っている。花見だなんて言って、森田くんはあわよくばモデルの子たちと飲みたいだけだろう。

「羽野さん、来られますよね？」

ミカミさんが小さく首を傾げた。

「森田、ちゃんと店予約してるのかな」

「だいじょうぶです。しておきました。後でお店の場所をメールしますね」

複合機の音が止まった。ミカミさんは「羽野さんも人数に入っているので来てくだを

いね」と人懐っこく笑うと、鼻をすすりながら行ってしまった。

途中で大久保編集長に話しかけられて、また「だいじょうぶです」と笑っていた。

机の上に置かれていた書類にざっと目を通す。取材ノートをひろげて、七月号の巻頭特集の構成を考える。七月号といっても六月発売だ。月刊誌の編集をしていると、常に三ヶ月、四ヶ月先のことを考えている。目の前の季節を味わう前に、その先の季節を追いかけなくてはいけない。最初は時間の感覚がおかしくなる気がしたが、最近は季節なんて人間が勝手に区切るものなのかもしれないと思う。特に、四季を感じにくいこんな街では。

ふと、森田くんに勧めた菜の花が見たくなった。

ミカミさんは郵便物を仕分けして配ったり、大量に届いた試供品を整理したり、コピーをとったりファックスを送ったりと、くるくる目まぐるしく動いていた。くしゃみと鼻をすする音が遠くなったり、近くなったりする。誰かとすれ違う度に話しかけられている。

意識して聞いていると、しょっちゅう「だいじょうぶです」と言っていることに気付いた。同じイントネーションで、言う度に小さく頷いている。癖だろうか。

今日中に提出しなければいけないものをまとめて、それぞれファイルに入れ、大久保編集長と高津さんの机に置いた。

ノートパソコンを鞄にしまい、二人が会議から帰ってくる前にまた席をたった。

タクシーから降りると、かすかに潮の匂いがする気がした。橋を渡る。築地川には水上バスや小さな船が浮かんでいた。海はすぐそこだ。元将軍家の庭園だった浜離宮には海水を引き込んだめずらしい池がある。年中、季節の花も楽しめる。

もう薄暗くなりはじめている。足を早めて大手門口から入り、まっすぐに進むとすぐに景色が黄色に覆われた。

一面の菜の花が、汐留のビル群を背景に咲き誇っている。くすんだ空の下でも目がくらむほどにくっきりと黄色い。葉も茎もチューブから絞りだした絵の具のような黄緑だ。絵の中に迷い込んだ気分になる。

近付くと、風がもったりした油っぽい匂いを運んできた。菜の花はちっとも花らしくない古びたクレヨンのような匂いがする。もうすぐ花の時期は終わりだというのに、そんな気配は微塵も見せず精力的に咲いている。

黄色は可愛い色だけれど、こんな風に群生すると強い。春が淡いものだなんて誰が決めたと言わんばかりだ。この景色を見ると、なぜか胸がする。すく。

平日の夕方の庭園にひと気はなく、僕は春の光景と匂いをゆっくりと味わった。帰りがてら園内のあちこちに植えられている桜も眺めた。

期待した通り、もう森田くんたちはいなかった。モデルの子たちが寒さを我慢してま
で花を眺め続けるはずがない。静けさが心地好い。

長くのびた桜の枝は風が吹くたびにゆらゆらと揺れて、泡のような花を散らした。な
んだか心許ない。実体がつかめない。桜は不安の代名詞のような花だと思う。

散策していると、すぐに閉園時間になった。樹齢三百年以上の黒松も見たかったが諦
める。違う季節にまた来よう。

庭園を出ると、最寄り駅まで歩き、目についた喫茶店に入ってノートパソコンをひろ
げた。店内はほどよくざわついていて、編集部にいるより集中できた。

飲み会の開始時間を過ぎるまで仕事をして、一段落ついたところでミカミさんがメー
ルしてくれた店を検索した。

一時間遅れで店についた。森田くんたちは二階のテーブル席にいた。大久保編集長と
編集部の三十代の女性が二人、派遣社員の子たち。ファッション雑誌の部署に行った同
期のタナハシがいて、モデルの女の子たちとネイルを見せ合っていた。カメラマンやス
タイリストたちは次の仕事に行ってしまったようだ。

タナハシが僕を見て、「おー」と手をあげる。顔が赤い。ファッション誌に行ってか
らどんどん服装が奇抜になって会う度に髪型も化粧も変わるので、社内ですれ違っても

時々気付かないこともあるのだが、酔っぱらった顔は入社時とまったく変わらない。

酔っぱらいに絡まれるのは嫌なので、軽く挨拶をして、タナハシからすこし離れた席に座る。三人いるモデルの一人が知っている子だった。にっこりと笑って、表情ひとつ変えるだけで、僕に小さく手をふってくる。完璧な笑顔。カジュアルな服を着ていても、にっこりと笑って、表情ひとつ変えるだけでぱっとまわりを華やかにする。二人が立ちあがってトイレに向かう。その後ろ姿にまわりの客が見とれている。知名度はほとんどなくても、やっぱりプロだ。ただ、綺麗だと思うだけで、どうも心が動かない。誰かによって咲かせられた花という感じがするからかもしれない。彼女たちはとびきり豪華にデコレーションされたプレゼント用の花束のようだ。でも、切り花はあまり面白くない。

「なに飲まれますか?」と、ミカミさんがメニューを手渡してきた。

注文しようとすると、森田くんが「羽野さん、羽野さん」と話しかけてきた。

「桜、いいのが撮れましたよ。菜の花もきれいでした。でも、ちょっと可愛すぎるっていうか、あか抜けない感じになりそうなので、うちの雑誌には使えないかもです」

菜の花を撮影しろという意味ではなかったんだけど、と喉元まででかかる。森田くんは浮ついているように見えて妙なところで生真面目だ。

「桜ってどれも似たような写真になるから気をつけてね」と言うと、「えー、先に言ってくださいよー」と駄々っ子のような顔をした。

モデルの一人が「菜の花ってさー」と口をひらいた。

「なんか、臭かったよね」

うんうん、と頷き合う。

「あんな匂いするって知らなかったー」

「色は春っぽいのにね。でも、あれだけあったらちょっと強烈だよね」

そこがいいんだけどな、と思う。誰かが「黄色ならミモザが可愛いですよ」と言って、菜の花から話題がそれた。ミカミさんが店員を呼んでくれたので生ビールを頼んだ。生の魚はそんなに得意ではない。寿司の大皿から玉子や穴子や納豆巻きなどを選んでいると、大久保編集長が「あいつどうしてた?」と訊いてきた。昼に打ち合わせをしたデザイナーの江上さんのことだと数妙かかって気付く。大久保編集長とは長い付き合いらしい。

「江上さんですよね。ご結婚されたみたいですよ」

そう言った途端、女性陣のお喋りが止まり、次の瞬間には口ぐちに騒ぎだした。

「いいなー、私も結婚したい」と、同じ編集部の女性たちが声をそろえて言った。ずいぶんテンションが高くて驚く。すぐに、四十代独身の高津副編集長が不在だからだと気付く。

「結婚はいろいろ大変そうって、この前、言ってたじゃないすか」

森田くんがメニューを見ながら苦笑する。

「でも、なんか一人でいるのも飽きちゃって」

そうぼやいた子が、「彼氏を作るのが先でしょ」と隣の子にたしなめられる。

「そういうの、もう面倒。駆け引きとか恋愛とかで精神力や体力使いたくないし、さくっと結婚だけしたい」

「それはわかる」と、ほうぼうで声があがる。

面倒な気持ちはわかるけれど、一人でいることに飽きるのなら、二人になってもいつか飽きるのではないかと思った。一人でいることは飽きるとか、そういうことではない気がする。一人は基本だ。

「でも、結婚したら自由がなくなりそうじゃないですか」と、知り合いのモデルの子が言った。「それも、そうだね」と数人が頷き、今度は結婚した人の不幸話がはじまった。若干うん女性が集まると、わかるわかると際限ない共感大会に発展することが多くて、若干うんざりする。

ふいにタナハシが「とりあえず、一回でいいから結婚したい」と立ちあがった。そのまま店の奥の方に「熱燗お願いします」と叫び、「すぐバツイチになってもいいから」と勢いよく座る。

「とりあえず一回でも結婚できたら、結婚しなきゃいけないっていう焦りから逃れられ

るし。そしたら、ゆとりが生まれてじっくり人生に向き合える気がする」

奇妙な感じがした。彼女たちにとって、結婚はラベルみたいなものなのだろうか。女

性として劣っていない、という説明書きのついたラベル。タナハシは自分の言ったこと

にうんうんと頷いていたかと思うと、「はい、そこの一番若い子どう思う」といきなり

ミカミさんを指した。

ミカミさんはえっという顔をして、「私はまだちょっと自分のことで手一杯というか

……」と小さな声で言った。

鼻声がひどくなっている。「やりたいことも……」と言いかけて、大きなくしゃみをたて続けにした。

充血している。いつの間にか眼鏡をかけていた。眼鏡の奥の目が真っ赤に

「すみません、ちょっと鼻かんできます」と席をたったミカミさんの顔は腫れぼったく

なっている感じがした。熱があるのかもしれない。

「初々しい」「可愛い」とみんな笑ったが、酔っぱらった大人たちの中でミカミさんが

一番大人に見えた。

「羽野さんは結婚どうすか?」と森田くんがビールを注いでくる。僕が答えるより早く、

「だめだめ」とタナハシが声をあげた。

「羽野くん、女性に興味ないもの」

「えー、そうなんですかー」とモデルたちが僕を見る。

「女性より植物の方が好きなんだって。昔、ガーデニングの特集号作った時にいっさい手伝わせてくれなかったのよ」

それは、タナハシが桜と梅の区別がつかないくらい植物に疎かったので、一人でやる方が効率が良いと思ったからだ。

「植物がお好きなんですか？」とモデルの一人が訊いてくる。こういう社交辞令的な質問って答えにくい。

「うん、まあ好きだ……」

「好きなんてもんじゃないよ」とタナハシに遮られる。

「あーでも、草食系って感じがする」

誰かが大きな声で言った。草食って、別に食べるために植物を育てているわけじゃないんだけど。「する、する―」とみんながきゃっきゃと笑う。もう肯定も否定も意味がない。みんな好き勝手に分類して騒いでいる。お店の迷惑にならないかと、まわりを見た時、はっきりした声が響いた。

「人の趣味がそんなに可笑しいことですか？」

ミカミさんだった。めずらしくかたい表情をしていた。けれど、すぐにはっと我に返り「すみません！」と頭を下げた。

「ちょっとからかってみたくなっただけだよ」

タナハシがへらへらと笑い、静まり返っていた場がぎこちなくざわめきを取り戻す。

森田くんが「もっと食いもん頼みましょう！」と大きな声で店員を呼んだ。

家の遠い大久保編集長が携帯電話を見て、「私はそろそろ」と腰をあげた。

ミカミさんはしばらくテーブルの隅で小さくなっていたが、みんながまた盛りあがりはじめると、そっと梅酒のグラスを置いた。ほとんど減っていない。

「大丈夫？」と声をかけると、「だいじょうぶです」と笑いながら自分の布バッグに手を伸ばした。

「ちょっと熱っぽくて、ぼうっとしてきたので帰ります」

「送るよ」と僕は立ちあがった。

タクシーを拾おうとしたら止められた。かたくなに「駅まで歩きましょう」と言うので、無理強いをするわけにもいかず並んで歩いた。

小さな商店はほとんどシャッターが降りていたが、市場のような場所ではもう積み下ろし作業がはじまっていた。威勢のいい男たちが怒鳴り合うみたいに声をあげている。

朝に向かってどんどん活気づいていくのだろう。

ミカミさんはマフラーをぐるぐる巻きにして、肩を縮こめていた。ジャケットを貸そうとしても断られるのだろうなと思ったので、黙っていた。

神社の横を通り過ぎる。この辺りは暗闇が残っている。街灯がミカミさんの赤い鼻を照らしていた。いつも以上に化粧っ気のない肌は、むくんではいたが透明な光沢があった。

「さっきはすみませんでした」

ふいにミカミさんが言った。

「ああいう場って、どんな話題でも流せばいいってわかっているんですけど、たまに苛々しちゃうんです。人が大事にしているものを笑ったりするのってどうなんでしょう。そういう疑問を呑み込んで一緒に笑うと、後で嫌な気分になるんです。でも、自分の気持ちを正直に言っても、やっぱり嫌な気分になってしまいますね」

喋りながらどんどん歩調が速くなる。合わせながら「みんな酔っぱらっていたから」と月並みなことを言う。

「羽野さんは草食系なんですか?」

生真面目な顔で訊いてくる。

「さあ、草食系とか肉食系とかよくわかんないけど、女性に興味がないわけじゃない
よ」

「じゃあ、違うって言わないと」

「そう思うならその人にとってはそうなんだろうし、別にどう思われてもあまり気にな
らないからなあ」

ミカミさんはかたい表情のまま僕を見ている。「もうみんな忘れているよ」と笑うと、ミカミさんがふっと息を吐いた。

「私、猫を飼いはじめたんです。ペットを飼えるマンションをやっと借りることができて。でも、きなこがきてから」

僕を見て、「あ、きなこって猫の名前です」と慌ててつけ足す。

「きなこがきてからずっとこんな感じで鼻水止まらなくて」

「え、じゃあ」

「はい、猫アレルギーだと思います。それをSNSで呟いたら、自分の都合で生き物を飼うからだとか、無責任だとか、一方的に責められてしまったんです。私はきなこを手放すつもりなんてないのに。どんなに頭がぼうっとしていても、可愛いって思えるのに。それで、ちょっと滅入って、身近な人に愚痴ってしまったんです。そしたら、なにしてんのって言われて。正社員でもないのに猫なんてふりまわされている場合じゃないだろって、趣味にかまけてないで先のことを考えろと怒られてしまいました。さっきはなんか自分が馬鹿にされているような気分になってしまって。よく考えたら八つ当たりですね」

身近な人って恋人だろうか、と思ったが訊かなかった。空を見上げる。月がでていなくても明るい都会の街。

「別にいいのにね」

「え」とミカミさんが顔をあげる。

「誰に迷惑かけているわけでもないのにさ。他人にそんなこと言われる筋合いないよ」

「でも、わざわざそれを誰もが見られる場所で呟いたのは、がんばっている自分を認めてもらいたかったのかなって思ったりもしました。私は自分以外の誰かを大切にできる存在だって思いたくて、きなこを手元に置いているのかもしれない。自己満足なのかも……」

ミカミさんがうつむいた。声がマフラーでぼわぼわとくぐもる。

「わからないけど、そんなに自分に意地悪しなくてもいいんじゃないかな」

「意地悪ですか?」

「うん、嫌いとか好きとか、あれが欲しいとか、自分の手の中でする限りは自由じゃない。良い悪いなんてないし、好き嫌いに意味も理由もいらないよ。もっとシンプルなものだと思う。身体が無理って言っても、手放すことはできないって思うんなら、どっちの声に従うかはミカミさんの自由だよ。誰もその選択を非難する権利はないし、その行動の意味を問われても答える必要だってない。きなこちゃんが好きなんでしょ」

ミカミさんが深く頷く。

「だったら、それだけでいいよ。僕は自分の好きなものを嫌いという人がいても、なん

とも思わない。その逆も同じ。自分以外の人に自分の好きなものをわかってもらいたい
と思ったこともない。同じ社会に属しているからって、どうして頭の中まで共有しなき
ゃいけないんだと思う」

わかるわかると酔った顔で言い合っていた女性たちがよぎる。

「でも、それじゃ……」

か細い声でミカミさんが呟いた。

「さみしくないですか」

「さびしくないよ」

僕だけの庭を土足で荒らされる方がもっとさびしい。

帰国したての頃、僕が住んでいた国の名前を聞いた男の子たちは槍を持つしぐさをし
たり奇妙な踊りをしたりして僕をからかった。女の子たちは日に焼けた僕の肌をこそこ
そと笑った。人は固定観念で人を馬鹿にしたり貶（おと）めたりする。

知らないくせに、と僕は思った。あそこがどんな場所か。どんな色彩で、どんな香り
に満ちているか。でも、きっとあの庭の美しさを伝えても伝わらないと気付いた。

不幸も幸福も個人の中にしかない。理解や共感には限界がある。どんなに近付いて感
情を共有しても、わかち合っている気になっているだけで、感じるすべてはその人だけ
のものだ。

結婚するならミカミちゃんみたいな子がいいよ、と大久保編集長がいつか言っていたことを思いだす。真面目で、情が深くて、でもなにより、あの子には安心感があるから。

「だいじょうぶです」と笑うミカミさんは確かに人をほっとさせる。でも、その「だいじょうぶです」は自分のために言っているのかもしれないと思った。

新装開店の飲食店の前で、ミカミさんの足が止まった。すぐに歩きだす。「ああいうのも育てているんですか」と、開店祝いの胡蝶蘭の鉢を指す。

「蘭はあるけど、うちのは胡蝶蘭じゃないよ。好きなの?」

「いえ、すみません、好きじゃないんです。胡蝶蘭の花ってぜんぶ同じ方を向いているじゃないですか。たくさんの白い顔が笑っているみたいでちょっと苦手で……」

ふり払うように笑顔をつくり、「羽野さんのところのはどんな蘭なんですか」と訊いてくる。

「何種類かあるね、パフィオペディルムとかカトレアとか。いま咲いているのはオンシジウムとデンドロビウム」

ミカミさんがかすかに目を見ひらく。

「オンシジウムは菜の花みたいな黄色い花が咲くよ」とつけ加えると、ほっとしたように笑った。

「森田さんから写真送られてきました。菜の花は好きです、きなこに感じが似ています。

「その蘭の別名はバタフライオーキッドっていって、小さな蝶が飛んでいるみたいに見えるんだ。花も小ぶりだし、顔には見えないと思うよ」

見にくる？　と言いかけて、何かを期待されるのも警戒されるのも煩わしいなと思いなおし、やめた。代わりに「笑い顔が苦手なの？」と訊く。

「そうですね……正直、苦手です。駅の灯りが見えてくる。怖いのかもしれません」

そう言った後、しばらく黙った。口をひらいた。

細めて駅の方を見ると、

「小さい頃はそんなこと思わなかったはずなのに、働きだすようになってからどんどん笑い顔が苦手になっていくんです。それなのに、自分もぺらぺらした薄っぺらい笑顔を浮かべている気がするんです。だから、猫を飼ったのかもしれません」ミカミさんは目をちょっと

「動物は笑わないもんね」

ミカミさんは「うん」と頷いて、慌てて「はい」と言いなおした。恥ずかしそうに

「笑わないけれど、幸せそうです」と息を吐くように微笑む。

そうだな、と思った。無理に笑わなくたって、満ち足りることはできる。

改札前でミカミさんはぺこりと頭を下げた。まだ目は赤い。

大丈夫？　と言いかけて、言葉を呑み込む。訊けば、この子は「だいじょうぶです」

と笑うのだ。たとえ、大丈夫ではない時でも。

「じゃあ」と言うと、ミカミさんは「あの」と僕を見上げた。「マスク買い忘れたんです。やっぱり一枚もらっていいですか」

「いいよ」と笑って、透明のフィルムで個包装されたマスクを手渡す。ミカミさんの小さな手にはあちこち絆創膏が貼られていた。編集部では気付かなかった。

立ち去りかけて、ミカミさんがふり返り小さく手をふる。

明らかに大きすぎるマスクが夜に白く浮かんでいた。ちらちらと揺れて、人混みの中に消えていく。

胡蝶蘭も一輪だけなら悪くないんじゃないだろうか、と思った。

マンションに戻ると、すぐに玄関脇の小部屋で服を着替えた。寝室用と思われるその部屋にはパソコン机や仕事用資料棚、衣装ケースといった雑多なものを置いていて、ベッドは入れていない。

浴室で身体に染みついた外の匂いをシャワーで流し、歯も丁寧に磨いてアルコール臭を消す。

それからリビングに入った。

ドアのすぐ脇に小さなカウンターつきのキッチン。壁の二面がベランダに通じる、採

光に恵まれた角部屋は、緑に覆われている。中央にはベッド。オーディオセットと趣味用の本棚以外は植物しかない。ドアを閉め、ロールカーテンと遮光カーテンをひいて、外界を遮断する。深呼吸をひとつすると、肺が静かに薄緑色に染まっていく気がした。

幹から幾筋も気根をはやし蛇のように絡まりあうガジュマル、三つ編みのような幹のパキラ、つやつやの葉のブラッサイア、たくさんの切れ込みのある大きな葉のモンステラ、枝がぐにゃりと曲がったフィカス・アルテシマ、南国らしい雰囲気の青々とした葉をもつオーガスタなど、どれも一メートル以上の大きさに育っている。数々の濃い緑の葉が部屋を縁取り、赤や黄のカラフルな葉のコルディリネが彩りをそえる。本棚から垂れ下がるポトスとアイビー、天井からチェーンで吊るしたビカクシダ。壁に取りつけた棚にはぷくぷくとした多肉植物が十三種類、並んでいる。

いま花の頃を迎えているデンドロビウムと、もうすぐ咲きそうなオンシジウムは、ベッドですぐ横のラックに置いている。この二つは同じラン科だが、原産地はまったく違う。オンシジウムは南米で、デンドロビウムは東南アジアだ。とはいえ、二つとも何百種類と品種改良されて世界中に散らばっている。日本における桜と同じで、種類の多さは人に愛されてきた証だ。

デンドロビウムの花は満開だ。花芯をうっすら黄に染め、紫と白の花びらを広げて、鈴なりに咲く様は華やかで可愛らしい。デンドロビウムの花は原産地の森では光を浴び

られる高いところにしか咲かないそうだ。月のよく冴えた晩にベッドに寝そべりながら
ぼんやりと光る花々を眺めていると、黒々とした森の上に浮かんでいる気分になる。

今が盛りと咲く花には、自然に目を奪われる。部屋に風なんてないはずなのに、揺れ
ているように見える。僕を誘うように。見つめていると、花の温度のない美しさがしん
しんと迫ってきて眩暈に似た恍惚を覚える。

慌てて隣のオンシジウムの黄色く可憐な蕾を点検する。細く伸びた枝先で、無数にふ
くらみかけている。いまにもほころびそうだ。花は咲くか咲くかと待っていると、焦れ
た頃に突然咲く。気むずかしい女性のように、ある朝、なんでもないような顔をして朝
日に光っている。咲いた直後が一番瑞々しく綺麗だから、なるべく家にいたい。

ミカミさんに見せてあげればよかったかな、とちょっとだけ思う。

でも、ミカミさんが笑い顔を怖く感じるように、僕はいい子がすこしだけ怖い。春の
淡い花々と似て優しく儚げなのに、心の底に何か得体の知れないものを抱えていそうな
気がする。

優しさは人を油断させ、すっぽりと呑み込む。そのままじわじわと沈み込んだら囚わ
れてしまいそうだ。花は埋もれてしまうより、遠くから眺めている方が心地好い。

しばらく植物たちを眺めて、電気を消した。薄闇に植物たちの影が黒く浮かびあがる。
色鮮やかな花は消え、植物というひと塊の物体になる。

　植物たちも呼吸をする。

　光が当たらない場所では、動物と同じように酸素を吸って二酸化炭素を吐きだす。暗闇でベッドに横たわっていると、部屋に植物たちの呼気が満ちていくのがわかる。

　青臭い、まるで思春期の少年の精液じみた香りだ。時間が経つにつれ、部屋は濃さを増し密林のようになっていく。カーテンの隙間から騒がしい街の灯りがもれ、茂った葉の影を浮きあがらせる度に、なめらかな緑の肌を持つ若い戦士たちがベッドを取り囲んでいる錯覚に襲われる。

　彼らは夜になると、なまなましい生き物の気配を放つ。

　けれど、どこか清らかだ。僕とは明らかに違う。僕は生臭い。僕は時間が経つと澱んでいく。動物は澱んでいて、臭い。息だけでなく、汗からも毛穴に滲む脂からも、腐敗と劣化の匂いがする。洗い流さなければ溜まっていくだけで、植物と違って自ら浄化する力はない。植物たちの息に包まれていると、それがよくわかる。

　緑の気配はどんどん強くなっていく。

　この部屋では僕だけが異質だ。異質な僕の存在を取り囲み、彼らは沈黙したまま呼吸を繰り返す。真夜中に目が覚めると、十畳の小さな部屋は凶暴な息苦しさでいっぱいになっている。

　光あふれる朝はまだこない。永遠にこないのではないかと思う。

べたつく汗をぬぐい、口をあけ、大きく息を吸う。彼らの吐いた息を吸う。そこに僕の息が混じっていることを確認する。

手足は重く、動かない。緑の触手が伸びてきて、みちみちと巻きついてくる様を想像する。闇の中、僕は植物たちに絡めとられる。

甘い孤独がゆっくりと意識を溶かしていく。

2

僕のなかには渇いた老婆がいる。

普段はほとんど忘れている。いるという認識すらないことが多い。

きっかけはわからない。

けれど、ときどき老婆は僕の奥の暗闇からぬらりとあらわれる。

暗闇という言葉が正しいかはうまく判断できないけれど、そこは広くて深く、上も下もなく、可視化することが難しい。何も無いような気もするし、恐ろしく膨大な記憶や感情が蓄積されているような気もする。長い時間をかけて濾過された水が岩の間からしみだすように、湖の底で眠っていた生物が静かな水面に音もなく浮かびあがるように、時折その暗闇からかたちを得た何かが僕の意識にやってくるのだ。

気がついた時には、老婆はかたわらにいる。

老婆は襤褸をまとって乾いた地面に座り込んでいる。あばらの浮いた胸から干涸びた

乳房がぶらさがり、それがなければ性別すらわからないくらい身体中が皺に覆われている。

僕の視界は低く、見下ろすと、ふくらはぎは棒のようにまっすぐで頼りない。道行く人々は僕とはまったく違う肌の色をしていて、靴を履いている子供は僕だけだ。通りかかる人が僕を見る度、眩い太陽に照らされた白眼がぎらりと鈍く光った。

僕と老婆は日陰にいる。背中に触れるざらざらとした壁がひんやりと冷たい。影は墨汁のように黒く、日の当たる地面は目が痛くなるほどに光が溢れている。陰と陽の境目がおそろしくはっきりした、光も色もなにもかもが過剰な景色。

ようやく、記憶だと気付く。

異国に住んでいた頃の幼い僕の記憶。

確信を込めて、手を見る。

やはり、ある。

ガラスの瓶に入ったどぎつい赤色のジュース。僕は所在なく瓶に印字された英文字を眺めている。文字はすこしずれている。瓶の中で赤い液体が揺れる。

少し離れたところに母親と使用人が見えた。彼らは道に布をひろげただけの、市場と呼ぶのもためらわれるような市をうろうろと歩きまわっていた。物売りの子供がそのままわりに群がっている。一群が動くたびに並べられた食物から大量の蠅が飛びたつ。

僕は母親が戻ってくるまでに、手の中にあるジュースを飲んでしまわなければいけ

ない。

　着色料を使った菓子や飲み物はうちでは禁じられていた。けれど、その国で手に入る菓子はアメリカ製のものばかりで、その中から色のついていないものを選ぶと、チョコレートとポップコーンしかない。母親はせっせと手作り菓子を焼いてくれたが、その優しい甘さは単調で、すぐに飽きてしまった。

　だから、その目の覚めるような色のジュースを見つけた時、僕はめずらしく駄々をこねたのだ。子供じみているとわかっていても買って買ってと食い下がった。しかし、ちゃんと最後まで飲む、という約束で手に入れたジュースは、ぬるく、それこそひとくちで目が覚めるくらい不味かった。

　大量に残った液体をちゃぷちゃぷとふってみたけれど、減るわけもなかった。地面に流してしまおうかと思ったが、色でばれてしまうと気付き、やめる。僕は唇を嚙みながら毒々しい赤を見つめた。舌先に砂の味がした。

　その時、かたわらの老婆が何か言った。この展開は知っている。頭のわずかに覚醒した部分でそう思う。けれど、幼い僕は僕の意志に反して横を向く。

　老婆が僕を見上げていた。枯れ枝のような指で僕の手元を指し、また口をひらいた。

　老婆に歯はなく、口のなかは真っ暗だった。

　そのジュース、もう飲まないんだろう。

老婆はかれた声でそう言った。

その国は英国の植民地だった歴史があり、公用語は英語だった。けれど、現地の人間は部族の言葉しか喋れない人も多く、老婆が口にした言葉も英語ではなかった。

それなのに、なぜか、わかった。

僕は頷く。老婆が手を伸ばす。身体のどこに折りたたんでいたのかと思うほどに長く干涸びた腕。

じゃあ、おくれよ。喉が渇いているんだ。

老婆の長い耳たぶから何かがぶら下がっている。曲がりくねった水の波紋のような模様が入った、鮮やかな緑色の石だ。老婆の身体で唯一輝きを放っているものだった。耳飾りが揺れて、艶やかに緑が光る。

老婆の渇きが伝わってきた気がした。僕はガラス瓶を持った手を差しだした。

突然、鋭い声がした。

「なにをしているの」

母親が後ろに立っていた。逆光で顔がよく見えなかったが、声の険しさに身がすくむ。

「喉が渇いているっていうから、あげようと思って」

僕が答えると、母親は「行くわよ」と僕の腕を掴んだ。

「でも」と、僕は老婆をふり返った。老婆は僕を見ていた。懇願するでも、失望するで

もなく、ただ僕をじっと見つめるその表情からは何も読み取ることができなかった。なんとなく、うっすら笑っている気もした。

母親はぐんぐんと進み、老婆の姿は小さくなっていく。

「もし本当にあのお婆さんにジュースをあげたいと思うのなら、新しいのを買ってあげなさい。見知らぬ人に飲みかけのジュースをあげるなんて失礼よ」

掴まれた腕から母親の怒りが伝わってくる。何かまずいことをしてしまったのはわかったが、どうしてそんなに怒っているのかわからなかった。使用人と連れだって早足で歩いていく。

僕が「痛い」と言うと、母親はいきなり手を離した。

僕は砂の舞う黄土色の道に立ちつくす。容赦ない日差しが首筋に刺さる。手の中でジュースはどんどん温まり、重くなっていく。背中に老婆の視線を感じた。じっと僕を見つめている。人型の闇の中で、耳飾りのなめらかな緑の石が揺れる。その曲がりくねった模様が生き物のように動く。

かさり、と踵に何かが触れた。茶色く干涸びた植物が足首に絡みついていた。ふり返ると、老婆は切り株になっていた。枯れた根を何本も地面に這わし、ゆっくりと近付いてくる。

声をあげる。その拍子にガラス瓶が手からすべり落ちる。

赤い液体が地面で弾ける。

粉々になったガラスの破片が日光を反射しながら散らばっていく。

地面はフライパンのように熱く、ジュースは一瞬で気化して蒸気がもうもうと立ちの

ぼる。砂糖の焦げる匂い。吐き気が込みあげるほどに甘い。甘くて、熱い。

喉の渇きで目が覚めた。

天井を見上げ、しばらく心臓の鼓動を聴く。部屋はまだ暗い。けれど、遮光カーテン

の隙間からは白い光が差し込んでいる。静かな空気の中に、自然光を求める植物たちの

気配を感じる。

ここ数年、目覚まし時計や携帯電話のアラームの世話になったことがない。

朝日が昇ると、植物たちがそわそわしはじめ、その気配に引っ張られるようにして目

覚めてしまう。

今日は少し違った。空気が乾燥しているせいか喉がからからだ。植物たちも同じなの

か、どことなく葉の緑が萎びて見える。

起きあがり、冷蔵庫からペットボトルを取りだして、透明な水を喉に流し込む。空っ

ぽの胃が冷たい液体に刺激されてぎゅるぎゅると音をたてる。

寝室に戻ると、遮光カーテンを開いた。薄い布のロールカーテンも全部あげてしまう。ベランダに続く二面の窓ガラスを開放すると、部屋はふんだんな光に包まれる。夏の直射日光を避けたい時はロールカーテンだけをひけばいい。植物に太陽光は不可欠だ。角部屋を選んで良かったと毎朝思う。

浄水器にかけた水を植物たちに与える。水道水でもいいのだけど、自分も飲めるようなきれいな水をあげたい。基本的には、春から夏にかけてはたっぷりと水を与えても良い。パキラやモンステラ、オーガスタなどの濃いつやつやした葉には霧吹きもかける。多肉植物は休日だけ。

ひと通り水を与えると、花や葉のチェックをする。オンシジウムはまだ黄色い花を鈴なりに咲かせている。紫と白のデンドロビウムの花はそろそろ萎れはじめている。枯れた花が落ちて茎の上で腐ったりしないように、萎れた花は花茎を残してすぐに摘み取らなくてはいけない。蘭はこまめな手入れが必要だ。

蘭たちの根元からは新芽が覗いている。光沢をおびた明るい緑の新芽は生長が早く、日に日にその姿を変える。水苔の隙間からは真っ白な根が何本も飛びだしている。健康な証拠だ。植物たちは光の方に伸びてしまうので、鉢の向きも毎日わずかに調整する。

ブルーバードという名の多肉植物の葉の一枚が弾力を失っていた。悩んだ末、もう少し様子を見ることにする。大型の観葉植物たちには目立った変化はない。

部屋全体を眺める。緑に覆われている。青々とした空間は好きだが、もう一鉢くらい花の咲く植物があってもいいような気がした。

日課になった朝の手入れをしながら、夢のことを思いだす。

あの老婆の夢は久々に見た。

結局、僕は老婆にジュースをあげられなかった。飲み切れなかったジュースは家に帰ってから、母親に捨てられた。

どうしてもあげたかったわけではない。飢えた人は大勢いたし、街にでて物乞いに会わなかったことはない。そういう国だったから、誰かを特別可哀そうと思うこともなかった。自分と同じ年頃の子供に対してさえ何も感じなくなっていた。

僕が驚いたのは母親の過剰反応で、その怒りの理由がまったく呑み込めなかった。最初は僕が約束を破ってジュースをちゃんと飲まなかったことで怒っているのかと思ったが、どうも違うようだった。母親の機嫌は一日中悪かった。

その晩、父親と母親が寝室で声を落として話すのを聞いた。

「あの子みたいな小さな子供が、大人に恵んだりするような環境は良くない気がするの。人の尊厳を軽視するようにならないかしら」

そう母親は言った。ソンゲンってなんだろう、と僕は思った。それでも、わからないなりに母親は僕があの老婆を馬鹿にしていると思ったのだろうかと、うっすら感じた。

父親は「考え過ぎだよ。あいつは繊細だから、なにかしてあげたくなったんだろう。優しいじゃないか」と笑った。

それも、なんとなく違うと思った。

理由なんて特になかった。恵んだつもりもなかった。僕がもう要らないと思ったものを欲しいと言われたからあげようと思った。そして、老婆も僕が要らないと思っているのを察して、くれないかと言ったのだろう。それだけのことだ。

「でも、きりがないじゃない。この国でそんなことしたって」

母親の声が大きくなり、「それに気付くのが成長だよ」と父親がなだめた。

変なの、と首を傾げながらそっと自分の部屋に戻り、ベッドにもぐりこんだ。使用人が丁寧にアイロンをかけてくれたシーツは、日に焼けて火照った肌に心地好かった。植物の手入れを済ますと、ベッドの掛布団とタオルケットをはいだ。コロコロでシーツの上を掃除する。フローリングの床にクイックルワイパーもかける。埃に混じって、身体から剥落したどこの部位のものかわからない皮膚の欠片が付着する。三十を過ぎてからは特に抜け毛の量が気になる。気にするという行為も厭わしい。

朝の光の中で見るそれらは排泄物並みに汚らしい。

どうして人間は中途半端に毛が生えているのだろう、腋毛だって陰毛だって、ましてや足毛なんて要らないじゃないか。そんな考えても仕方のないことを考えながら、無駄

のないすっきりとしたかたちのパキラを眺め、ガジュマルのすべらかな葉に触れる。か

たく、ひんやりとしていた。美しいグリーンの葉は老婆がつけていた耳飾りを彷彿とさ

せる。

　おそらく、孔雀石という名の石だと後で知った。

　給食が大量に残った時に担任の先生が「世界の飢えた子供たち」を挙げて叱る理由が

よくわからなかった。余さず食べたからといって彼らの状況は何も変わらない。大学の

時、友人が東南アジアの方へバックパック旅行に行き、同じ国の中の貧富の差にショッ

クを受けた、と聞いて不思議に思った。だって、そんなの当たり前のことじゃないか。

　それに、何かするつもりもないのなら傷つく権利もない。

　人が平等ではないことは、僕にとってはただの事実だった。幼い頃からそれは風景と

してあった。そして、事実に対して僕が何かを思うことはなかった。そういうものとし

て受け入れ、僕がすべきことをして暮らしていた。ある日、突然僕が自分でシーツを洗

濯するようになったら使用人の仕事はなくなってしまう。けれど、日本に帰ってからは

他にする人もいないので、自分で身のまわりのことをする。それだけのことで、そこに

特別な感慨や感傷はない。

　僕は昔から、その場での「自然」に適応しやすい子だった。

　それなのに、大人になった今も老婆のことを忘れられないのはどうしてだろう。

　今なら、僕は自分の金でジュースを買って与えることができる。けれど、しない。な

ぜなら、あの老婆はもういないから。

あの時、老婆の喉を潤すことができたのは僕ひとりだった。僕は自分にできることを

しなかった。

老婆は僕のなかで今も渇き続けていて、水を欲している。

台所に行き、もう一杯水を飲みながら卵を茹でて、湯を沸かした。コーヒーを淹れ、

トーストを焼く。食後に野菜ジュースを一杯。空気中に散った調理油が植物たちに付着

しないように、部屋では簡単な料理しかしない。この部屋は睡眠と植物のためだけにある。

洗面所で歯を磨いて、髭を剃り、部屋に戻ると、植物たちの様は一変している。葉は

ぴんと張り、つやつやと輝き、清涼な空気を漂わせている。

この時期、植物たちは本当によく水を吸う。天気が良ければ良いだけ生き生きとする。

じっと見ていても何の変化もなく思えるのに、ちょっと目を離しただけで植物の表情は

鮮やかに変わる。この空気の中にいると、ようやく細胞のひとつひとつが目覚めてくる。

各鉢の水受けに溜まった水を捨て、朝の手入れを終える。

今日の天気予報は快晴だったので、買ったばかりのごく薄いピンクのシャツをおろし

た。ベージュのパンツを穿いて、ネイビーのアイリッシュ・リネンのジャケットをはおる。

ベランダの戸を閉める。本当はこの季節は植物たちを一日中外にだして太陽光を浴び

させてあげたいが、平日はそうもいかない。風通しを少しでも良くするために、床に置

いたサーキュレーターのスイッチを入れる。

ゆっくりと部屋を見まわす。空調の音が耳を澄まさなければ聞こえないくらいかすか

に響いている。静かに心が満たされていく。

ひっそりと葉を光らす植物たちを目におさめると、仕事鞄を持って玄関に向かった。

出勤するのは九時過ぎ。

いつもなら僕とミカミさん以外誰もいない。雑誌の校了前だったら徹夜した者があち

こちの椅子やソファで眠っている。今日は月一回の企画会議がある日なので、コーヒー

の香りとキーボードを叩く音が凪いだ海のようにさざめいていた。

ミカミさんが夜の間に届いたファックスを各々の机に配っている。ミカミさんはまだ

時々鼻をすすっているけれど、アレルギーっぽい症状は段々落ち着いていっているよう

に見える。最近は眼鏡ばかりかけていて、今日はドット柄のフレームだった。

「水玉」と声をかけると、ミカミさんは「おはようございます」と言った後に「買った

ばかりなんです」と歯を見せて笑った。

森田くんが「ミカミちゃんー、俺、ブラック欲しい。お願い」と机に突っ伏したまま

声をあげる。「寝不足ですか? もう、しゃんとしてくださいよ」と言いつつも、ミカ

ミさんは給水器の方へ小走りで向かう。

パソコンを起動させ、メールの返事を書き、スケジュールを確認し直して各方面に取材依頼書を送る。雑誌の部署はスケジュール管理が重要だ。僕は異動して一ヶ月も経たないうちに時間刻みでスケジュールを書き込める手帳に変えた。

デザイナーからあがってきた誌面ゲラに赤を入れ、問題ないと思われるものは編集長の机に置いておく。編集長はまだ来ていないようだった。会議の開始時間が遅れるだろうと思い、トイレに向かった。

タナハシと廊下ですれ違う。　目が合うと、いつものように「おー」と、けだるげに手をあげてきた。

「泊まり込み?」

「うん、三日目」

話すのは、花見の後の飲み会以来だ。アシンメトリーのシャツ、目が痛くなるようなネオンカラーのパンツにピンヒール。けれど、顔は眉毛すらかいていない。顎の下の皮膚が荒れて痛そうだ。今から化粧をしにいくようだ。

タナハシはノーメイクの顔を特に気にした様子もなく、「今月、うちの雑誌、美肌特集とかやってんのに、これじゃあね」と鼻で笑った。

なんだか懐かしい顔をしていた。ふと、昔、タナハシに老婆の話をしたことを思いだす。タナハシとは入社したばかりの頃、週刊誌の編集部で一緒だったことがあった。若

い社員なら一度は行かされ、社内で通過儀礼と呼ばれているくらい、心身ともに疲弊す
る過酷な部署だった。たまに早く帰れる日があっても、妙に気持ちがすり減っていてま
っすぐ帰る気にならず、よく一緒に飲みに行っていた。今、タナハシがいるファッショ
ン雑誌の部署も激務なことで有名だ。女性スタッフが多いことから女工哀史と呼ばれて
いる。

なぜ老婆の話になったのかは覚えていない。若かったせいもあり、タナハシに甘えて
いたのかもしれない。僕の話を聞き終えると、タナハシは「結局、自分はどうしたかっ
たんよ」と言った。酔うと、彼女は関西弁になった。

「結局はどういう自分を格好いいと思うかやろ。あんたのオカンは新品のジュースを買
うてあげる自分が格好いいと思ってんのやろう。けど、そん時、そのお婆さんが欲しか
ったんは尊厳なんてもんやなくて、喉を潤す飲み物なんやから、すぐに対応してあげる
んが人の情やってあたしは思うけどな。ただ、欲しがる人みんなにあげてたらきりがな
いから誰にもやらんって人もいるやろ。そん人は公平であることが格好いいと思てる。
みんな正解で、みんな自己満足なんやから、なんでもええんやないの。もらう側の価値
観なんてわからんのやし。自分がしたいようにしてたら」

そう一気に言うと、「あんたは自分がどうしたいんかわかってないんやわ。ふわふわ
してんねん、いつも」と僕を睨んだ。

タナハシはいつも、まず自分の立ち位置を決めて、そこでの目標を設定してから動く。

だから、意に添わぬ仕事をふられてしまった時は自分を納得させてからでないとできない。反面、僕は仕事ではこうと決めることがないので、それなりに合わせてやっていくことができる。タナハシはそんな僕を皮肉を込めて「器用」と言っていた。

タナハシが本当は文芸の編集をしたいことは知っている。今の部署に行ってからのタナハシはノーメイクで数日会社に泊まないことも。けれど、今の部署に行ってからのタナハシはノーメイクで数日会社に泊まり込むことはあっても、服だけは流行のものを選び毎日着替えている。彼女の中では、今は無理をすることが格好いいことなのかもしれない。

「タナハシのすっぴんは見慣れてるからなあ」

「もっと女性ホルモンがでるようなこと言ってくれない?」

肩の辺りを勢いよく叩かれる。大阪のおばちゃんか。関西の人間って言葉遣いの前に立ち居振る舞いから違う気がする。そういえば、先日の飲み会ではやたらに結婚結婚と騒いでいて、はなかった。酔ってなかったということか。あの時は、やたらに結婚結婚と騒いでいて、昔はもうちょっと話せるやつだったのにとがっかりした覚えがあるけれど、場を盛りあげるための演技だったのかもしれない。

「すっぴんってさ、褒めても、がっかりしても、どっちにしろ女性は怒るから触れたくない領域なんだよね」

「でたよ、事なかれ主義が」

　くだらないことを喋っていると、高津副編集長がトイレからでてきた。「あ、タナハ

シ」と足を止める。高津さんは、前はタナハシのいるファッション雑誌の部署にいた。

「わーお久しぶりです」

　タナハシの声のトーンがあがる。

「ちょっと、なにあんたその肌」

「そうなんですよ、なんかいいのないですか?」

「そっち試供品いっぱいあるでしょ。ええと、あそこの良かったわよ、シンプルなパッ

ケージの。でも、皮膚科に行った方がいいかもね」

「美容系のですか?」

「いや、普通のところ。医療用の保湿剤、下手に高い化粧品メーカーのより効くから」

　僕の出版社は年齢が上になればなるほど女性社員が減っていく。残った女性たちは気

に入った後輩女性の名字を呼び捨てで呼ぶ傾向があり、男性社員同士よりずっと強い絆

で結ばれている感じがする。

「じゃ」と軽く手をあげてその場を去る。仁王立ちで話す二人を少し離れたところから

見ると、戦友という言葉が浮かんだ。では、ここは戦場か。職場において戦っていると

いう実感は僕にはないが、働く女性たちには戦っている印象がつきまとう。でも、それ

はこの社会が男性用に作られているからだと非難されれば何も言えなくなる。

編集部に戻ると、もうほとんどの人は会議室に行ってしまっていた。机に戻り携帯電話の電源を入れる。深夜に着信が一件入っていた。顔見知りのモデルの子からだった。

一時間ほど前に「今日天気いいし、どっかでお茶かランチしない？」と絵文字入りのメールもきていた。「いいね」と時間も場所も指定せず、肯定の意志だけを絵文字入りで返す。

「ハートマークついてるじゃないですか」

後ろから森田くんの声がした。髪がボサボサで顔がわずかにむくんでいる。それでも、背が高く、まだ若い森田くんはむさくるしい感じにはならない。こういう、外見に余裕のある時代もあったなあ、と眺めていると、「すいません、見えちゃいました」と身体を揺らしながらにやにやした。

「マリちゃんだよ。ハートマークつける癖あるから、あの子」

「え、誰でしたっけ？」

森田くんは笑顔を崩さずペットボトルの液体を口に含んだ。液体はさっきタナハシがはいていたパンツみたいな色をしている。子供の薬みたいな人工香料の匂いが一瞬ひろがって、消える。

『ハイセンスなステーショナリー特集』の時にOL役をしてもらったモデルさん。ほ

彼は大袈裟な身振りで手を打つと、「ああ、ＭＡＲＩＥね」と外国人タレントみたいな発音で言った。

「羽野さん、仲良いんですね」

「フランス語だったら最後のＥは発音しないよ」

「すいません」

謝られてもなあ、と思っていると、森田くんが「あ」とこちらを見た。

「そういえば、羽野さんって帰国子女で……」

「関係ない。大学でフランス語とってただけ」

遮ってしまったことにばつが悪くなり、「でも、マリエちゃん本人もフランス語なんてできないって言ってたし、マリエでいいんじゃない。芸名らしいし」と笑うと、「あー、やっぱフランス人とのクォーターって経歴詐称なんですかね」と、案の定にやにやしながら食いついてきた。

「さあ、そこまでは」

「どっちにしても、今さらそんなのめずらしくないですよね。まさか、付き合っちゃったりとかしてます？」

「どういうのが付き合っているっていうんだろうね」

「うわ、あやしい」と、声をあげる森田くんを無視して廊下に出る。通りすがりの女性社員たちがちらちらと見てくる。

「モデルさんとか正直どうですか?」

「だから、特別な関係じゃないよ。ああいう子って仕事柄、誰にでも愛想良いから」

森田くんは脚が長いくせに歩くのが遅い。聞いているのか聞いていないのかわからない顔でぶらぶらと歩く。

「こないだの子たちってみんなすっごいスタイル良くて美人でしたけど、離れると一人一人の印象が残んないことないですか? それに、なんかずっと笑顔だけど、中途半端に芸能人きどりでプライドが高そうでしたよね。二人きりとかになったらなに話したらいいかわかんなそう。どんな会話してるんですか?」

「いや、普通に」

高津さんが僕らを追い抜いていく。コンパクトにまとめた黒髪。アジアンテイストのワンピースに大ぶりのネックレス。いつも出社前にヨガに行っているらしく姿勢が良い。ゆったりとした服ごしでも、均整のとれた身体のラインが見て取れた。

森田くんがまた口をひらく。

「うちの会社の女の人ってみんなそれなりに綺麗にしてるじゃないですか。たまに実家帰るとびっくりしますもん。高津さんなんて、うちの母親とそう歳変わんないですよね、

きっと。俺、あの人だったら全然オーケーですよ。でも、誰とも付き合ってみたいって思わないのってなんでしょうね」

はは、と笑ってごまかす。

「みんな仕事中は隙がないからねえ」

「や、なんか、プロレスで言うと手が合わない、みたいな感じがするんですよね」

わかる。わかるけど、男だけでそういう話をすると、よからぬオーラがでて、すぐに女性に気付かれてしまうから止めて欲しい。異性でも同性でも、僕は仕事で同志はいらない。

会議室には僕ら以外はみんな揃っていた。椅子に座ると、勢いよくブラインドがひかれて日光が遮られた。蛍光灯のしらじらした光が灰色のデスクを冷たく照らす。

会議は小一時間で終わり、次の企画は無難に『おひとりさまのデザイン家電特集』に決まった。「ひとり」に過剰に敬称をつけると、「お殿さま」に似た小馬鹿にしたニュアンスがただよう気がするのだが、誰も指摘しないのがいつも不思議だ。

ホワイトボードに行き先を書き込むと会社を出た。コンビニで遅い朝ご飯を買うと言う森田くんもついてくる。どこに行くか訊かれ、「曾我野先生のところで取材」と答えると羨ましがられた。森田くんはうちの編集部ではめずらしく理系の出身だ。曾我野先生はデッサン一枚が三、四十万はする建築デザイナーで、森田くんによると海外ミニチ

ユアカーのコレクターとしても有名だそうだ。

「写真撮ってきてくださいよ」

「写真撮りにいくんだよ」

今度うちの雑誌で特集を組むので、今日はその打ち合わせを兼ねて簡単な取材と事務所の撮影をさせてもらう予定だ。

「ミニカーのですよ」

「カメラマンに頼みなよ」

「スマホでちょちょっと。お願いしますよ」

「そんなの好きだったんだ」

「羽野さんはなにか収集しているものってないんですか?」

少し考えて「ないね」と答えた。森田くんはそれなら一度うちにコレクション見にきてくださいよ絶対はまりますから、と熱弁した。

「そうそう先生の愛車って古いジャガーらしいんで、それも撮ってきてくださいね」

「六十代で古いジャガーは格好いいね」

「ほんとお願いしますよ」

はいはい、と手をふり駅に向かう。地下鉄に乗るとマリにメールをした。

品の良い高級ブランドの路面店や、芸能人が経営する服飾店、有名スタイリストがプロデュースしたカフェ。ありとあらゆるジャンルのデザイナーの事務所が並ぶ通りは、街路樹が植えられているせいで喧騒と日差しがゆるやかで避暑地のようだった。通りの奥には高級マンションが建ち並ぶ。小型犬を連れたマダムと何回かすれ違う。皆、犬の散歩をするには似つかわしくない服装をしていた。

途中で、よく仕事をお願いしているフリーの男性カメラマンと落ち合い、曾我野先生の事務所へ向かう。

事務所は巨大なレゴブロックの塊のようだった。玄関らしい玄関は見あたらず、大きな白塗りのガレージが前面にあり、同じく白いシャッターが下りている。横の駐車場には古い深緑のジャガーが停まっていた。

ふいにシャッターのひとつがガラガラと開いた。一面の緑がさっと目に入ってくる。ガレージの中の床には芝生が敷き詰められていた。天井がガラス張りになっているのか、自然光が降りそそいでいる。

ここから入っていいものかとためらっていると、中から素足に黒いスニーカーを履いた若い女性が青いロードバイクを押してでてきた。男もののシャツをはおっている。キャップで顔の大部分が隠れていて、長い黒髪と赤い唇しか見えない。

女性がすっと小さなリモコンをかかげる。シャッターがゆっくりと降りはじめた。慌てて声をかけようとすると、女性は「入口はあっち」とハスキーな声で言い、顎で建物の側面にまわるように示した。そして、ひらりとロードバイクに飛び乗ると、ゆるい坂を下っていった。

その姿を見送ってからガレージの横にまわる。真っ白な壁とインターホンがついていた。

ガレージの中は前半分が芝生で、後ろ半分は二階建ての事務所になっていた。事務所へは白い砂利の小道が続いている。事務所の正面もガラス張りで、前庭が見渡せるようになっている。室内は広々として、明るく開放的だった。

待っていると、ほどなくして曾我野先生が二階から降りてきた。両手に洋書を抱え、肩で携帯電話を挟んでいる。通話しながら僕らに目礼をすると、僕のベッドより大きそうな一枚板のテーブルに洋書と紙を広げた。アイデアを口にしながら、どんどんデッサンを描いていく。

カメラマンが弾かれたようにバッグを地面に置き、カメラや三脚を取りだして撮影の準備をはじめた。気難しい人だと噂で聞いていたので、カメラマンに目配せをして撮影を待ってもらう。

先生は喋りながらも、図面を持って駆け寄ってきた弟子を叱り飛ばし、洋書をめくり、

煙草を吸い、二十分ほどしてやっと電話を切って僕らを見た。すかさず挨拶をして名刺を渡す。

曾我野先生は白髪混じりというよりは、白髪に黒髪混じりといったほうがよさそうな蓬髪をがしがしとかいて、「いやあ、すまんすまん」と子供のように笑った。カメラマンのほっとした気配が横から伝わってくる。

「今日は事務所写真だっけ？　好きに撮ってくれていいから」

カメラマンに気さくな調子でそう言うと、僕に椅子を勧めた。よく見ると、作業着だと思った服はイギリス空軍のカバーオールだった。

ふっと室内の空気が動いた。ドアが背後で音をたてて閉まる。

「そんな服で撮られるの？」と低い女の声がした。

ふり返ると、さっきすれ違った女が眉をひそめていた。はおっていた男もののシャツは腰に巻かれている。下は大ぶりな花柄のぴったりとしたワンピースだった。キャップを外した顔はノーメイクで、真っ赤な口紅だけしかつけていない。とりたてて大きいわけでもないのに、目の印象が強い。つるりとした膝がなめらかに動いて先生の横で止まった。

「まずいか？」

「わたし、そういうミリタリー系のセンスって理解できない」

弟子に厳しい人だと聞いたことがあったので血の気がひいた。が、曾我野先生は愉快そうに大声で笑った。

「実用的だから着ているだけだ。ファッションだよ、ファッション。別にミリタリーオタクでも戦争支持派なわけでもない」

「じゃあ、普通のカバーオール着たらいいじゃない。それか、あなたの大好きな自動車メーカーの整備士のとか。ファッションは自己主張のひとつよ。誤解されるようなことは控えるべきだわ」

女は腕を組み、スニーカーの先でとんとんとコンクリート打ちっぱなしの床を鳴らした。

「おかしな帽子や眼鏡をトレードマークにしたり、原色の蝶ネクタイとかつけたりするよりは、ずっとお洒落だと思いますけどね」

僕がそう口を挟むと、「ああ、駆けだしのくせにそういう変な洒落っ気だす奴いるよなあ、この業界は」と曾我野先生が口の端で笑った。

女がちらりと僕の方を見た。「さきほどはありがとうございます」と頭を下げたが、返事はない。黙ったまま僕の上から下までじろじろと眺めてくる。

突然、曾我野先生が「わかった、わかった、お前が正しい」と大声をあげた。あげるやいなや、上半身だけカバーオールを脱いで腰の辺りで丸めてしまう。

「これでいいだろ」

下はユニクロのTシャツだった。確かに実用的だ。女が一重の目で先生を睨む。先生が「お前、じゃなかったな、理沙子」と猫なで声で訂正すると、肩をすくめ、ため息をひとつついた。長い髪をかきあげながらテーブルの横を通り抜け、奥のバーカウンターの方へ行ってしまう。馬鹿みたい、という声が聞こえた気がした。

「面白い子だろ」

曾我野先生が悪戯をした子供のようにこちらを見てくる。

「お弟子さんじゃないんですね」

「ああ、ガールフレンドだよ。ニューヨーク育ちらしくてね、ずけずけとした物言いが気に入っててさ。気の強い猫みたいだろ」

僕は黙ったまま微笑んだ。曾我野先生は既婚者のはずで、ガールフレンドの定義が彼の中でどうなっているかは知らないが、そんなことを深く知る必要はない。バーカウンターの向こうから冷蔵庫を乱暴に開け閉めする音が響く。

「あの子、写真やってるんだよ。妙な色彩で、わけのわからんものを撮る。今度、見てやってくれよ。俺はアート写真はとんとわからんからさ」

カメラマンがファインダーから顔をあげた。てっきり写真の話でもするのかと思ったのに、「そういえば、羽野さんも帰国子女なんですよね?」と僕に話題をふってくる。

「君が？」と先生がぎょろりとした目で僕を見つめる。

「違いますよ。それにしても、帰国子女って言葉は懐かしい感じがしますね」

小型録音機をだしながら言うと、二人は声を揃えて「確かになあ」と頷いた。

「では、質問を幾つかいいでしょうか」と切りだした時、視線を感じた。

バーカウンターの中から女がじっと僕を見ていた。

　一時間ほどで切りあげ、手土産を渡して事務所を後にする。もう一件撮影があるというカメラマンと別れて、近くのカフェに向かった。

テラス席に座り、カフェ・オ・レとクラブハウスサンドを頼む。どうしてカフェのメニューは様々な国の言葉が入り混じっているのだろう。

店員がいなくなってから、森田くんに頼まれていたことを思いだした。ミニチュアカーコレクションの話になどならなかったので、すっかり忘れていた。愛車のジャガーはカメラマンが撮っているだろうけど。

まあ、また機会はあるだろうと思いなおし、ノートパソコンをひらく。マリと約束した時間まではまだ少しあった。なるべく仕事は家に持ち帰りたくない。キーボードを打ちはじめる。

けれど、なかなか集中できない。頭の芯が重い。どの分野でも大御所と呼ばれる域に

までいった人と接すると、何か活力とか気力といったものをごっそりと持っていかれる気がする。

運ばれてきたカフェ・オ・レに多めに砂糖を入れて飲み、クラブハウスサンドをかじる。ほどよく焼かれたトーストが芳ばしかった。

こめかみを揉みながら空を見上げる。街路樹の新緑が美しい。葉の隙間から透明な日光が薄いガラス片のように降りそそぐ。

外にいると、時々、思う。もし僕が事故にでも遭って部屋に帰れなくなったら、寝室の植物たちは水を与えられずに枯れてしまうだろう。鉢から動くこともできず、必死に根を伸ばし、やがて力尽き、もの言わず萎れていく。僕を憎むことも知らないまま。その慎ましい姿を想うと、愛おしさが込みあげる。

デンドロビウムの鉢から溢れでた白い根がよぎる。梅雨前のこの心地よい季節は、デンドロビウムにとって原産地の気候に似た快適な時期だ。新芽もどんどん伸びている。すべての窓を開けて風を通し、日照不足の植物たちはベランダにだそう。週末は鉢替えをしよう。カイガラムシやハダニがつきやすいアラリアには予防をしておきたい。他の植物たちの葉も一枚一枚拭いてつやつやにしてやろう。

パソコン画面に目を戻すと、手元がふっと暗くなった。

「お待たせー」

つば広の帽子を被ったマリが立っていた。アプリコット色のホットパンツから乳白色の長い脚が伸び、足元はもうウェッジソールのサンダルだった。ストッキングをはいているとはいえ、さすがに寒そうだ。

「テラス席かあ、今の季節って紫外線が強いんだよね」と笑顔のまま文句を言ってきたが、ひとりごとということにして聞き流す。マリは少しのあいだ僕を窺っていたが、仕方ないという風情で隣に座った。

店員がメニューを持ってくる。マリはひらきながら「遅れちゃってごめんね。ねえねえ、見て、爪、レモンにしたの。初夏っぽいでしょう」とネイルを見せてくる。レモンイエローに白とオレンジでレモンの輪切りが描いてある。「可愛くない？」なかなか注文が決まらなそうだと察したのか、店員が店内に戻っていく。「みんなの前ではただの知り合いという態度しか取らないが、二人きりになるとマリは妙に馴れ馴れしい。

マリはメニューを目で追いながら「羽野さん、なんか仕事ない？　最近、暇でちょっと困っちゃって」と呟いた。

マリはスタイルも顔の彫りも日本人離れしているが、いわゆる今時の可愛い子という感じだ。服も髪型もいつも流行を必死に取り入れている。十代や二十代の女の子たちの憧れにはなれるかもしれないが、あまりうちの雑誌には向かない。曾我野先生の事務所にいたニューヨーク育ちの女の方がまだクールさと品があっていい。

曖昧な返事をすると、マリが顔をあげた。

「あ、ポテト」

「え?」

僕が食べ終えたクラブハウスサンドの皿を見ている。添え物のフライドポテトが二本残っていた。

「いいなー今しぼってるから、炭水化物だめなんだよね」

話題がころころ変わる。いつものことだ。

「ねえ、ちょっと愚痴っていい?」

これもいつものこと。

「いいけど、仕事しながらでもいい?」と言うと、不承不承という感じで頷いたがすぐに話しはじめた。

その高い声に合わせてカタカタとキーボードを叩いた。

マリはハーブティーをポット一杯分飲むと、トイレに立った。愚痴はその間に同じ内容を三巡くらいしていて、僕はコーヒーを二杯飲んだ。

マリはいつもトイレが長い。化粧直しをしているのか、次に会う相手を携帯電話で物色しているのか。この間に会計を済ましておかないと、みるみる機嫌が悪くなる。

立ちあがると、通りを歩いていた女と目が合った。赤い唇につるりとした膝。さっき
のニューヨーク育ちの女だった。軽く頭を下げると近付いてきた。

「さっきはどうも」と、彼女はさらりとした口調で言った。

「お買い物ですか?」

「そう、そこのパン屋に」

彼女は五十メートルくらい先にある青と白のテントの店を指さした。爪は飾り気がな
く、短く切られていた。けれど、ミカミさんみたいなナチュラルさはない。彼女は全身
から荒々しい女の気配を放っていた。

「自家製の天然酵母パンなの。窯で焼いていて、小麦も国産のものしか使ってないのよ。
知ってる?」

「知らなかったです」

オーガニック食品にあまり興味はない。女は張り合いがなさそうに、「けっこうおい
しいわよ」と言った。

「先生が気に入っちゃって。あのひと、気に入るとそればっかりなの。子供なのよ。で
も、子供でいられるのは特権階級だけだよ、なんて言うのよ。どう思う?」

「いいんじゃないですか」と僕は答えた。

「そう先生が思うのなら、それで。無闇にSNSとかで発信しなければ。クリエイティ

ブな職業の人は、ご自身のイメージ通りに生きた方がいいと思います」

女はきっと睨みつけてきた。僕は愛想笑いを浮かべながら、彼女の意志の強そうな眉を見つめた。野性的なその眉は赤い唇とよく調和していた。

「わたしは傲慢だと思う」

そう言ったものの、声は少し弱々しかった。女はしばらく黙っていたが、一重の目でじっと僕を見つめてきた。

「ねえ、あなたって帰国子女よね。どうしてさっき隠したの?」

「どうしてでしょうね」

そう言って笑うと、女の眉間に皺が寄った。

「自分の過去を否定するのは良くないと思う」

「否定はしてないですよ。他人にわざわざ言うことでもないと思うだけで」

「じゃあ、あなたからしたら、わたしは馬鹿みたいに見えるのかしら?」

切り込んでくるな、と苦笑がもれた。女の眉間の皺がますます深くなる。

「いや、違いますよ。ええと」

君、と言いかけて記憶の中から名前を探す。彼女はじっと僕の次の言葉を待っている。とても真剣にコミュニケーションを取ろうとする人なのだろう。

怒っているわけではないようだ。

「僕と理沙子さんとでは微妙に違うんですよ。はっきり言うと、僕は先進国じゃなくて発展途上国の帰国子女だったので。おまけに、向こうにいたのも小学生の間だけです」

「それが？」

「いろいろ面倒なんです」

「面倒？」

彼女は首を傾げた。黒い髪が鎖骨に落ちる。

「詳しく訊いてもいい？」

「いいですけど、めんどくさい奴だって言わないでくださいね」

笑ってみせたが、彼女は笑わなかった。そっと息を吐く。

「まず、発展途上国の実情をどれだけの人が正確に知っています？　生活水準が低いとか、治安が悪いとか、それくらいで、偏った知識しか持たない人が多いんじゃないですか。もしくはデータだけの知識。そういう僕だって親に連れられて行っていただけなので、よく知りませんけれど。僕は現地では日本人学校に行っていたので日本語しかできませ

ん。外出する時は送り迎えがつくから現地の人と接することもないし、現地語も覚えません。使用人とは片言の英語でやり取りしてましたが、それも正確な英語ではありません。それどころか、使用人がいたと言うと、支援に行っていたんじゃないのか何を贅沢しているんだ、と怪訝な顔をされる。別にすごく裕福でなくても、日本から行けば、ほ

とんどの人はプールや使用人付きの豪邸に住めるんです。どんな国にだって高級住宅地はある。そして、そういう場所に住まないと危なくて暮らしていけない。繰り返しになりますが、親に連れられて行っていただけなので僕自身には支援とか関係ありません。

彼女は黙って僕の話を聞いている。

「それに、子供にとっては楽しい場所ではないですしね。送り迎えなしで自由に遊びにいくこともできない。日本のアニメもおもちゃもお菓子もない。ゲームをしようにも、すぐに停電する。日本語の本すら簡単には手に入らない。そして、念願の日本に戻っても、テレビの話題にもついていけないからクラスの中で浮く。僕は自転車に乗れなくて相当苦労しましたよ。なんだか、だんだん自分はどこの国の人間なのかわからなくなるんです。オリンピックの時期なんて微妙な気分ですよ。日本の旗に愛着なんてないですからね。精神的な居場所がなくなる気がします」

あの塀の中の美しい庭以外は。

女がやっと「でも」と口をひらいた。

「テレビとかお菓子とか、そんなの些細なことじゃない。子供には大事なことかもしれないけれど、大人になったら価値観も変わるでしょう。誰も経験できないことができたって思わないの?」

「大体、今はもう発展途上国なんて言わない」

「知ってますよ、開発途上国でしょう。でも、あの頃は言われていたんです。名前が変わったって人のイメージは同じです。失礼ですが、お幾つですか？」

女は表情を崩さず年齢を言った。驚いたことに同じ歳だった。

「あなたの言うこと、わかるようでわからない」

そう彼女は言った。気にしないでください、という気持ちを込めて笑顔を作った。そんなこと期待していない。だから、僕はあえて人に話そうと思わない。でも、下手な共感をしないところには好感がわいた。

「まあ、自然はきれいな国でしたよ」

女はほっとした顔をした。

「それはいいわね。人の手の触れてない自然を見られたのは素晴らしい体験じゃない」

「僕が住んでいた国では、水は煮沸しなきゃ飲めなかったんです。水道の水でも」

「なにが言いたいの？」

「でも、現地の人たちは飲めました。僕は時々試してみましたが、その度にお腹を壊して両親に怒られました。結局、その自然からも拒絶されていたんですよ、最後までね」

彼女はもう何も言い返さなかった。憐れむような目で僕を見つめていた。大方、心の

貧しい人間だとでも思っているのだろう。

「どうして帰国子女だってわかったんですか?」と訊くと、赤い唇でふっと笑った。

「そういうのってなんとなくわかる?」

目が合って、はじめて何かが繋がった気がした。しばらく考えて「そうですね」と答えると、女はくるりと背を向けた。

「バイ」と片手をあげる。そのまま、ふり返りもせず去っていく。

立ち尽くしたままでいると、マリが席に戻ってきた。

「だれ?」

「先生のガールフレンドだって」

「先生?」

「建築デザイナーの曾我野先生。気取った言い方してるけど、まあ愛人だと思うよ」

マリは「ああ」と口をひらいて、「へえ」と女の後ろ姿を眺めた。

「ねえ、羽野さんって、ちょっと人を見下してない?」と、薄笑いを浮かべながら小首を傾げる。

女の後ろ姿を見つめめながら口をひらいていた。

「見下す以前に、人は平等じゃないよ。そんなこと小学生でも知ってる」

パソコンを閉じて鞄にしまう。幼い物言いをしてしまった。今日は喋りすぎだ。

「そろそろ編集部に戻らなきゃ」

「えー」とマリが舌足らずな声をあげる。「夜また会えない?」

トイレで香水をつけなおしたのか、人工的な甘ったるい匂いがする。夢の中の赤いジ

ユースを思いだした。

「今日は休憩取りすぎたし遅くなると思う」

「ずっとパソコンいじってたじゃない。じゃあ、家に行っていい?」

「駄目。ちょっと今はごちゃごちゃしてるから」

「いつもそう言う」と、すねるマリに応じず立ちあがる。

マリは諦めずに「ねえ」と濡れた目で僕を見あげる。マリの完璧なバランスの裸体が

よぎったが、目を逸らす。ベッドの中で愚痴を聞きたくない。

カフェを出ながら、どうもこの子には冷たい態度を取ってしまうな、と思った。きっ

と見た目以上は中身に惹かれないからだろう。そして、そのことを強がりと思われたく

ないから、一度寝たきりで触れるのを避け続けている。マリが悪いわけではないのに。

結局、自分の劣等感と自意識からかと、うんざりした気分になった。

マリと別れて、ひと駅分歩き、観葉植物専門のグリーンショップに寄った。

だだっぴろい吹き抜けの一階と二階に大きな植物たちが悠々と置かれ、天井からは大

木の根を加工したシャンデリアが鎖でぶらさがっている。

天井の高い部屋に住みたくなる。天窓なんかあったら最高だ。光の入り方が変われば、僕の植物たちも違う生長をするだろう。屋上が使えるマンションもいい。一度、水槽で蓮を育ててみたい。こういう場所にいると、いくらでも夢想してしまう。

時間があまりなかったので、ざっと見まわし、店員にアンスリウムを注文した。

アンスリウムは別名を大紅団扇という。その名の通り、真っ赤なハート型の花だ。けれど、花に見える炎のように赤い部分は苞で、本当の花は真ん中につんと突きでた白っぽい芯のようなものだ。

完璧な模造品のようにつるりとした、熱帯のとてもエキゾチックな花。成熟しきった女性を思わせるのに、隠された本当の花はかたく未成熟だ。今まではあまり惹かれることがなかったが、ニューヨーク育ちの女の背中を見ているうちに欲しくなった。

会社に戻り、予定通りに仕事を済ませ、いつもとほぼ同じ時間に帰った。

ジャケットを脱ぎ、すぐにリビングへ行く。カーテンを閉め、異常がないか植物たちをひとつひとつ確認していると、携帯電話が鳴った。帰りの電車の中で調べものをしていたので電源を切り忘れていた。

電話はマリからだった。後ろから夜の街の喧騒が聞こえる。誰かの笑い声やクラクション。

「もう家?」と、くぐもった声でマリが言った。

「そう」

「今日は残業って言ってたのに、森田さんに訊いたらもう帰ったって言ってた」

「森田と連絡取ってるんだね」

マリはそれには答えず、今から遊びに行かないかと言った。時々、洟をすする音が混じる。外だというのに泣いているようだ。

女の子も大変だな、と思う。容姿が優れていても、劣っていても、悩みがある。いつだって欲しいものがある。けれど、その対応をするのもなかなかに大変なのだ。花のように自分の姿など知らずにただ咲いていて欲しい。もちろん、そんな勝手なことは言えない。

マリの誘いをやんわりと断る。

「じゃあ、家に行っちゃ駄目? なんか寂しくて」

「ごめん、今日は疲れたから早く寝たいんだ」

仕事も性欲も家には持ち帰りたくない。部屋を出て廊下に立った。携帯電話からマリの甘ったるい匂いがもれてくるような気がして、今日はもう会いたくないし、この部屋にも入れたくない。植物たちに女性の泣く声も聞かせたくない。マリは美人だけれど、感情が昂ぶった時の体臭が苦手だ。今日はもう会いたくないし、この部屋にも入れたくない。植物たち

マリが「羽野さんはどうしようもなく孤独を感じる時はないの」と責めるような口調で言ってくる。少し考える。

「孤独は悪いことじゃないと思うよ。いいことでもないかもしれないけど。でもさ、たいがいのことはそんなものじゃないかな」

「よくわかんない」

「わからなくていいよ。大丈夫、仕事がきて忙しくなったらすぐに寂しいのなんて忘れるから、いつもみたいに」

マリが黙った。涙をこぼしながら、うつむいているのだろう。その頬にはきっと完璧な睫毛の影が落ちている。可愛いマリ。きっと誰かがその姿を見て声をかけてくれる。

「また今度ね」

電話を切ると、携帯電話の電源を落とし、洗面所に行って手を洗った。やっと静かになった。

深く息を吐いて、部屋に戻る。植物たちの青い香りが僕を迎え入れる。待たせたね、と心の中で呟く。今夜も僕は緑の庭で眠る。

来週には真っ赤なアンスリウムがやってくる。

|3|

「いま、流行っているんですって」

その台詞を聞かない日はないな、と思う。編集部のどこかで、もしくは打ち合わせの喫茶店で、社内のカフェラウンジで。終わらないこだまのように響くそのフレーズは、もう言葉ではなく台詞に思える。

ファッション誌の美容部門の女性が紙袋を手に部屋に入ってきた。確か去年結婚したとかいう契約社員の子。口角をくいっとあげた笑みを作りながら、牛乳瓶のようなボトルを手渡してくる。中は半透明の液体で満たされている。なかば沈殿しかけた濃い緑のもやがボトルの中でゆらゆらと揺れた。

「差し入れです。コールドプレスジュース」

梱包材の片付けをしていたミカミさんが顔をあげ、「あーそれ、飲んでみたかったんですよ」と立ちあがる。「低温で圧力をかけて絞るとかいうジュースですよね」

「そう、栄養素をこわさないんだって。これ一本で一キロ近くの野菜や果物が摂れるの」

「わーすごいですね!」

ミカミさんが大きな歓声をあげる。バイトの子ですら流行に敏感なのは雑誌編集部としては良いことだとは思うけど、新しいものの話をする時の女性はみんな妙に芝居じみている気がする。

けれど、台詞は大切だ。見えない台本は人と人との間には必ずある。仕事でもプライベートでも。

鋭いシャッター音と共に白い光が散らばる。昼も夜もわからない地下スタジオ。今日は物撮りなので、カメラマンもスタイリストも一定の調子を保ったまま無言で作業をしている。

手渡されたボトルはぬるかった。

「撮影用の?」

そう訊くと、女性はばれたかというようにちょっと肩をすくめた。

「賞味期限が今日なんですよ。熱を加えていないので早くて。飲み比べしていたら、みんな、お腹たぷたぷになっちゃったんです。良かったら。美……」

「美容と健康にいい、でしょ。で、ニューヨークのセレブも飲んでいる」

女性は大げさに頷きながら、今度は口の端だけで笑った。

「さすが、羽野さん」

「だって定型句だからさ」

「まあ、そうですよねえ。でも、女性は弱いんですよ、そういうの。欲深いから美も健康もお手軽に手に入れたいんです」

欲深い、という言葉に小さくどきりとする。一瞬ふっと緑に覆われた部屋に心が戻る。僕の植物たちも欲深い。けれど、僕のまわりの女性たちとは何かが違う。

「でも、これけっこう高いんですよね?」と、ミカミさんがみんなにジュースを配りながらこっちを見た。

「こういうのって、そこそこ高くなきゃ流行らないのよ。ストレスの多い人はお金を使いたがるから」

そう涼しい顔で答える女性の目尻には濃紺のアイラインがきれいにひかれていた。それを見ていると、タナハシを思いだした。

同期のタナハシは化粧が下手だ。この間は上睫毛と下睫毛で違う色のマスカラを塗っていた。春メイクの新商品だと言っていたが、タナハシがつけると道化にしか見えなかった。ただ、この女性のように化粧が上手すぎると、会う度に印象が変わるせいで名前がうろ覚えになってしまう。ミカミさんが名を呼んでくれることを期待しつつ話をふる。

「タナハシだったら全種類制覇とかしそうだね。　生野菜換算十キロ目指す！　とか言って」

冗談のつもりだったのに、女性はちょっと顔をひきつらせた。

「タナハシさんの分は冷蔵庫に入れておきました。この企画の担当ではないので」

「そうなんだ。元気にしてる？」

「最近メモでしかやりとりしていないので……ちょっと……」

可笑しいことなどないのに女性が笑う。同じ編集部にいても数日話す機会がないことなどよくある。

「タナハシさん、よく朝五時までとか仕事しているみたいなので、疲れてらっしゃるんですよ」

「ああ、入稿の時はよくそうなるよ。朝の六時に印刷会社が取りにくるからぎりぎりでやっちゃうんだよね」

彼女も知っているであろうことをあえて口にして流す。タナハシの雑誌は女性の多い編集部なのでいろいろあるのだろう。女性同士のごたごたには巻き込まれたくない。

キャップをあけて緑の液体を口に含んだ。思っていたより青々とした香りが鼻を抜けた。喉の奥に植物独特のひんやりした甘さがゆっくりと広がる。目の奥の奥の、脳に近い場所が緑に染まっていくような錯覚を覚える。

今朝の手入れの時間が蘇る。水を得た土がたちのぼらせる匂い。枯れた葉や萎れた花弁を摘まもうとして、誤ってまだ生きている茎をちぎってしまった。ぷちりとした手ごたえの後、青い鮮烈な香りがたった。植物の体液の清々しい香気。

「ケール苦手でした？　ちょっと青臭いですよね」

話しかけられて植物たちの映像が飛ぶ。一瞬おいて、言葉の意味が頭に届く。

「いや」と、もうひとくち飲む。

「こういう味けっこう好き。でもさ」

「はい？」

「なんか、さらさらだね。すこし物足りないな」

「え？」

女性が口の端に笑みを残したまま、ちょっと首を傾げる。

「羽野さん、飲んだことあるんですか？」

「ないよ」

「じゃあ、なにと比べているんですか？　コールドプレスジュースはどれもわりとさらさらしていますよ」

怪訝な表情で僕を見つめる。僕は妙な顔をしているのかもしれない。

「うん」と微笑む。「なんだろうね」

これと似たような味を知っている。

けれど、それはもっと純度が高くて、もっと絡みつくように甘い。初夏へと向かっていくこの季節、蘭たちの根本からはたくさんの新芽が顔をのぞかせる。新芽は朝と晩でその姿を変えるくらい生長が早い。淡い緑の細胞が日に日に増殖していく。その尖らせた唇のような先端には、蜜が小さな小さな珠になってぷつぷつと浮かぶ。それは僕だけの甘露だ。

ミカミさんが「羽野さん、このチア・シードっていうの、ぷちぷちして美味しいですよ」と小走りでやってくる。

「南米の果実の種だよね。ダイエット食品として流行っていたよ」

アシスタントの若い女の子が「やだなー」と、ライトを反射させる白い傘の横でふり返った。

「それだけ女子の喜びそうなことを知ってる男性ってどうなんですか」

「村岡さん的にはどうなの？」と返すと、「えー」と言いつつも笑ってくれた。「あーあ

ー、また羽野さんが口説いてる」と、すぐそばのカメラマンがファインダーから顔をあげ、スタジオ内の空気が少し和らぐ。

ミカミさんは眼鏡の奥の目を細めて、ボトルのキャップについているラベルをぶつぶつと読んでいる。迷彩柄だと思っていたシャツワンピースはよく見ると無数の猫が転が

ったり跳ねたりしている模様だった。

「チア・シードには現代人に不足しやすい栄養素が詰まっています。免疫力アップや心の健康にも効果があるとされています。身体にいいみたいですね」

現代人にとってはね、という言葉を飲み込む。現代人に不足しやすい栄養素というのは、身体にいいと信じられる人にだけ有効な栄養素のことだと思う。心の健康なんていう嘘くさい言葉をみんな信じているふりをしている。それがどんなものかも、本当に存在するのかも、知らないのに。

契約社員の女性は笑顔でジュースを飲む人々を眺めている。満足そうにも、ほっとしたようにも見える表情だった。

ふと、欲深い、という言葉に覚えた違和感がよみがえる。

僕のまわりの働く女性たちは欲しながらも、なんだか何かを我慢しているように見える。誰かに認められたものしか求めず、本当に望むものを誰かに否定されないか、内心ではびくびくしている。手を伸ばしているのか、堪えているのかわからない。

地上にでたいな、と思った。青々とした葉を縦横無尽にひろげる木々を見たい。

ミカミさんが腕時計を見て「あ」と声をあげた。

「そろそろ出前頼みますか?」

みんなが僕を見る。撮影が終わったのは五分の二というところか。これからのスケジ

ユールを考えると、多少無理をしても今日は進めておかなくてはいけない。僕の「そうしようか」の一声で残業が決定する。やれやれ仕方ない、といった緩慢な空気がなだらかに広がっていく。

カメラマンの一人が「俺、カレー」と手をあげる。彼はいつもカレーだ。

「長寿庵ですか？ 欧風カレー？」

すかさずミカミさんがメモを手にする。「揚げ物系いっちゃおうかな」「長寿庵のカレー南蛮」「あ、私も」「俺は普通のかけ蕎麦で」とあちこちで声があがる。

「羽野さんは？」と僕を見るミカミさんに「金曜の夜なんだし、注文終わったら帰りなね」と答えて、僕は外へ行くからとドアを指す。

いつもなら「大丈夫です」と言うミカミさんが、めずらしく「ありがとうございます」と頭を小さく下げた。

外へ出る前に資料室へ向かった。エレベーターをやめて階段をつかう。一日中同じ調子の照明をあびていると体液が澱んでくる気がする。すこしくすんだ白い床はなんの素材でできているのか靴裏に吸いつくような感じで、音と共に感覚を奪っていく。会社にいると、どんどん毛穴が塞がれていくようで、廊下に出る度に深呼吸をしてしまう。それと、マリからのメール。いつもの携帯電話に知らない番号からの着信があった。

ように内容のない状況報告、新しい店や芸能人のゴシップ、愚痴と誘い。絵文字や感嘆符だらけの文面はいつも物欲しそうな気配に満ちている。マリは優しさとか関心とか称賛とか、他人から肯定的な感情を向けてもらうことに貪欲だ。モデルという職業柄もあるだろうが、本人の気質が強いと思う。

植物になら惜しげもなく与える気になるのに、女性に欲しがられると気持ちがひいてしまうのはどうしてだろう。タナハシなら「失望されんのが怖いんやろ」と言うだろうし、マリはよく「羽野さんは意地悪」と言う。どっちも正しく、どっちも違う気がする。

ただ、自分は人の求めに応じることに世間一般的な歓びを感じられない人間であることは確かだ。それをあまり悪いことと思わない。むしろ、安易に応じてしまうと他人の意志で自分を切り売りしているような気分にすらなる。

地下に降りると温度が下がったような気がした。資料室はけっこう好きだ。古い紙の匂いは気持ちを落ち着かせてくれる。ずらりと並んだ本棚が安っぽいスチール製で、業務用冷蔵庫のような色なのが残念なところだけど。

地理の棚を過ぎて自然科学の棚へ向かうと、書架と書架の間に人影が見えた。ぴったりと撫でつけられた髪が無機質な照明を受けて作り物めいた輝きを放っている。大久保編集長だった。広い肩幅を心持ちせばめて、Ａ４サイズの本に目を落としている。彼はたいていこの時間にはもう編集部にはいない。

僕が足を止めた気配で、大久保編集長は顔をあげた。一瞬、おやっと目を見ひらいたが、すぐにいつもの鷹揚な表情を浮かべた。

「おお、お疲れさん」

こっちはまだこれから延々仕事なんだけどな、と思いながらも「お疲れさまです」と頭を下げる。植物図鑑を眺めたかったのだが、静まり返った部屋で並んで立つのも気まずい。今日はやめよう。でも、いきなりきびすを返すのも感じが悪いと思い、通り過ぎようとする。

僕の身体の半分が次の書架にさしかかったところで、「ああ、そういえば」と大久保編集長の声が届いた。慌てて戻る。

「さっき、編集部に曾我野先生から電話があったよ。羽野くんの携帯が繋がらなかったって。あの人はせっかちだからねえ」

大久保編集長はうちの編集部の誰よりも物柔らかに話す。続く言葉を待つ。

「なんか、あれ、あったって」

「スケッチブックのことですか?」

この間、取材に行った時の昔のスケッチブックを探しておくと言われたのだ。曾我野先生は若い頃に海外を放浪していたそうだ。もし見つかったら、それを特集記事に載せてもいいという許可をもらっていた。行く先々の建築物をデッサンしていた

「そうじゃないかな。手が空いたら取りにきてくれって言っていたよ。ごめん、ごめん、すっかり抜けていた。急ぎだった?」

おそらく編集部に誰もいなかったから電話を取ってくれたのだろうが、どうしてその場でバイク便を手配するなりしてくれないのだろう。急ぎではないが、こちらからお願いしたものなので、連絡をいただいてしまった以上、週明けに取りに行くわけにもいかない。ため息を呑み込む僕の前で、大久保編集長がゆっくりと本を閉じた。悠々とした足取りででやってくる。「無意味に優雅」と女性たちに陰口をたたかれていたことを思い出す。編集長になったからこその鷹揚さなのか、元々こういう人なのか、それともこういう人でなくては上にいけないのか。

ふと、大久保編集長の手の中のフルカラーの本に目がいった。常緑樹の濃い緑と石や砂の灰色。表紙に『モダン枯山水』と書いてある。僕の視線を追って大久保編集長も目を落とす。

「ああ、やっぱり羽野くんも好きなの?」

「え、いえ。僕は盆栽はまだ」

大久保編集長が盆栽好きなのは有名だ。よくミカミさんがつかまって、「小さくても大樹の相がね」とかいう禅問答のような話を聞かされている。

「わりと簡単だよ。でも、今はちょっと庭を作っていてね」

「庭ですか」

そういえば一戸建ての家持ちだったことを思いだす。長い通勤時間に苦労しているようだが、土のある地面が家にあるのは心底羨ましい。

「庭園のことを古くは山水といったんだよね。山水という字の通り、山と水の景観が必要なんだ。だから、日本の庭は必ず山を築いて、滝を落とすんだ」

大久保編集長はそこまで語ると、突然言葉をきった。「じゃ、お疲れ」と片手をあげて歩きだす。電話でもかかってきたのだろう。背広の内ポケットから携帯電話を取りだす後ろ姿を見送った。

資料室の奥の方へ進む。気付いたら植物を眺めたい気分がおさまっていた。一瞬見えた日本庭園の写真から、整然とした静けさが流れ込んできたような気がした。山と滝、水煙にけぶる緑。和の庭もいいな、と想像しながら、一歩、一歩、音をたてず歩く。手に持ったコップの水を零さないようにするみたいに。

資料室の奥の机に本の山ができていて、その真ん中にタナハシがいた。付箋とペンを片手にこめかみを揉んでいる。耳からはイヤホンのコードが下がっていて、僕にはまったく気がつかない。いや、気付かないふりをしているのかもしれない。

タナハシは大きな写真集を広げていた。プラチナとダイヤモンドで作られたネックレスが見える。花や蔦を模したクラシックなものばかり。優美で繊細なデザイン。おそら

く十九世紀末に流行したガーランド・スタイルのアクセサリー集だ。薄氷の切片ででき たような人工の花々。見とれる間もなく、マニキュアのはげかけたタナハシの手がペー ジをめくっていく。彼女の腕の、ポップな色ビーズを連ねたブレスレットがせわしない 音をたてる。

アクセサリーの特集をするのだろうか。彼女のまわりにはジュエリーやデザイン史の 本ばかりが積まれていた。しかし、なぜかタロットや姓名判断や心理学の本も置いてあ る。『霊能・心霊家名鑑』なんてものもあった。一体何に使うのか。企画としても私用 としても不安になってくる本のセレクトだ。とりつかれたかのようにページをめくり続 けるタナハシがだんだん怖くなってきたので背中を向けた。

資料室のドアへ向かいながら服飾の棚に目をやると、案の定、ひどく荒れていた。同 じ編集部で働いていた頃からタナハシは机も汚いし後片付けもできない。棚の中でばら ばらの方向に倒れかかった本が、危うい均衡を保ちながらお互いを支え合っている。そ の上にぶ厚い図録が横向きに置かれている。図録を一旦どかし、斜めになった本たちを きれいに並べなおす。

最後に図録を棚に戻そうとして手が止まる。カルティエの歴史の本だった。宝石商か らはじまったカルティエだが、アクセサリーだけを作ってきたわけではない。円盤と針 が宙に浮かんで見えるミステリー・クロック、アカデミー会員に贈られる宝剣、財と技

術がこれでもかと詰め込まれた古い華麗な作品たちを眺めていると、イースター・エッグの写真が現れた。

ダイヤモンドと真珠でできた王冠をかぶった、深紫と白の七宝とゴールドで彩られた卵。ダイヤモンドで描かれたHの文字。驚いたことに、卵をふんわりと受け止めている薄緑のクッションも蛍石でできていた。布のようにしか見えない。クッションの房飾りもダイヤモンド製、台座は七宝塗り。気が遠くなるくらい贅を尽くした品。

隣のページでは卵が開いていた。身なりの良い少年の白黒写真が中に見える。見覚えがあると思ったら、やはり皇太子アレクセイだった。このイースター・エッグはパリの市議会が皇帝ニコライ二世に進呈したもの、との注釈がついている。

図録を眺めていると、手入れの行き届いた庭園が見たくなった。昔、住んでいた家のような。子供の頃、僕は皇太子アレクセイのことをよく考えていた。ロシアのロマノフ家最後の王子。血友病という病気をはじめて知り、それがどんな病気か想像した。そして、虐殺された彼の血の色を想った。

ふっと僕の部屋で待つアンスリウムの姿が頭をよぎる。最近は、起きてすぐに目に入る場所に置いている。永遠に乾くことのない血のような、つやつやと輝く鮮やかな赤い花。曾我野先生のところにいたニューヨーク育ちの女を思いだす。そうだ、曾我野先生に連絡をしなくてはいけない。

携帯電話を取りだし、まわりを見る。資料室は静まり返っていて、もう司書もいなかった。タナハシもイヤホンをしていたし構わないだろうと思い、図録を眺めながら電話をかける。

長いコール音の後、「はい」とけだるげな女の声が聞こえてきた。少し、驚く。

かけ間違えたかと謝りかけた時、「あのひと、いま無理」と女が言った。ぱっと真っ赤なアンスリウムが脳内で咲き、あのニューヨーク育ちの女だと気付く。

「あの、先ほど先生からお電話いただいた『Calyx』の羽野です」

「知ってる、この間の人でしょう」

かすかに背筋がぞくっとした。女の声は低くて、ざらりと身体の内側をこすっていく。

こんな声だっただろうか。

「スケッチブックのことでお電話しました」

女は無言だ。それも知ってる、ということだろう。まだるっこしいと思ってそうだ。

苛々した気配が沈黙から伝わってくる気がして早口になる。

「ええと、申し訳ありませんが、今からバイク便をだしますので……」

「わたしが持ってるの」と女が遮った。

「あなたが取りにくると聞いているけど」

有無を言わさぬ口ぶりだった。数秒、思案する。タクシーで行けば一時間以内には戻

ってこられるだろう。

「いつくるの?」

苛立ちをはっきりと滲ませた声で女が言った。

「今から伺います」

「何分後?」

「三十分以内には伺えると思います」

今さらその質問?とでも言いたげに女は鼻で笑い、「じゃあ、待っているから」と電話が切れた。

思わず大きなため息がもれた。図録の煌びやかなイースター・エッグの写真に指先で触れる。美しいけれど、どこか禍々しく不吉な気配がある。似た不穏感が女の声にはあった。

もう一度息を吐いて、図録を棚に戻した。古びた書物の匂いを胸におさめると、資料室を後にした。小走りで階段を上がり、エントランスから出るとタクシーを拾った。三十分といったら三十分きっかりしか彼女は待ってくれない気がした。

途中、工事の渋滞に捕まりはらはらしたが、五分前にはインターホンを押すことができた。

白い戸を開けた女はぴったりしたスポーツウェアを着ていた。薄暗い中でも額と小鼻

に汗が浮いているのがわかった。芝生もアトリエも暗かった。曾我野先生は外出しているのかもしれない。

「はい、これ」

彼女は片手で何冊かのスケッチブックを渡してきた。黄ばんでいたり、端がすれていたりしている。スケッチブックのサイズもまちまちだった。

「全部お借りしていいんでしょうか？」

「いいんじゃない？」

興味なさそうにペットボトルの水をひとくち飲む。

「ありがとうございます。なるべく早くお返しします」

返事はなかった。一礼をして帰ろうとすると、「明日、ひま？」と訊かれた。

「はい？」

「明日は休日よね。ひま？」

「いえ、ちょっと行きたいところがありまして」

休日も仕事ですと嘘をつけばよかったのに、とっさのことで正直に答えてしまった。

「彼女と？」

「いえ、一人です」

「じゃあ、ついていっていい？」

強引だ。けれど、何か妙な可笑しみを覚えた。

「どこに行くかも知らないのに?」

そう言っても顎を突きだして黙っている。

「文句を言わないならいいですよ」

「文句あったら帰るから」

きっぱりした物言いに思わず笑ってしまう。女は何が可笑しいの、という顔をした。

妙なことになってしまった。

「美術館ですけど」

「いいわよ」

女は短く答えた。時間と場所を告げ、「気が変わったらこなくてもいいですからね」と念を押したが無視された。「じゃあ、明日」と引き戸が閉まった。

かすかな汗の匂いが湿り気を帯びた夜気に散っていた。

撮影は夜の三時に終わった。夜明け前の、闇の濃い時間。カメラマンたちと別れて編集部に戻る。この時間になると、廊下やフロアですれ違っても誰も口もきかないし目も合わせない。幽霊同士が遭遇したらこんな感じなのかと思う。

編集部のソファで二時間だけ仮眠を取り、一台だけあるマックのモニターを一人占め

してデザイナーからあがってきた誌面デザインの確認をした。

すいた電車に乗り、家に帰るとシャワーを浴びて、植物たちに水を与えた。僕なしで夜を越した部屋はどことなくよそよそしかった。ソファにも座らず、すぐに家を後にした。こういう時に家で横になったりすると身体が泥のようになってしまう。植物たちもあまり眺めないようにして必要最低限の世話だけをした。

外は夜が薄く続いているような曇り空だった。途中でスープ専門のチェーン店に寄り、メールチェックをしながら朝だか昼だかわからない食事をとる。徹夜明けは味覚が鈍い。何を流し込んでいるのかわからない食事を済ますと、待ち合わせの場所へと向かった。南北線は深く深くもぐるので苦手だ。駅を出ると、ほっと息がもれた。青々とした銀杏並木を見上げながら歩く。

白い門の横に女の姿が見えた。長い髪ですぐわかる。ヴィンテージっぽいデザインの黒いレースワンピースに赤い革製の肩かけ鞄、男物のような皮靴。そして、赤い唇。やはり赤がよく似合う。人の服装も植物も淡い色が多い季節の中で、彼女のまとう色だけがくっきりとたっていた。

「遅れてすみません」

「時間通り。わたしが早かったの」

女は風で乱れた長い黒髪を耳にかけた。耳たぶに小さなほくろが見えた。

102

「意外ですね」と言うと、「時間を守るのが？」と僕を見た。

「ええ」

「だって」と肩をすくめる。

「やっぱり帰国子女は時間にルーズなんだねって言われるの、嫌じゃなかった？」

顔はつんとしたままだったが、目が笑っていた。笑みで返す。

「喉が渇いた」と、彼女がひとりごとのように呟く。

「カフェに行っててもらってもいいですけど、せっかくなので館内を見てからにしませ

ん？　気分転換になりますよ」と、門の脇のチケット売り場を指す。

「わたし、気分転換したいって言った？」

「違いましたか」

返事がなかったので、二人分のチケットを買った。女は黙って僕の差しだしたチケッ

トを受け取った。先にたって門を抜け、ゆるやかに蛇行した広い道を歩きだす。道の両

側に茂った木々が、その姿勢の良い背中に大きな深い影を落とした。

しばらく黙ったまま歩いた。僕は彼女から少し離れて、苔に覆われた土と新緑の匂い

を楽しんだ。やがて道がひらけ、ロータリーの向こうに白い洋館が見えてきた。異国に

いた頃の家を思いだす。こんなに品がある感じではなかったけれど、あの家も白一色で、

正面玄関の前にはロータリーがあった。

女がポーチに入っていく。元々は宮家の住居として作られたこの建物は完全なアール・デコ様式だ。広い玄関の床は天然石のモザイクで、ルネ・ラリックの女神のガラス扉が出迎えてくれる。今は美術館として使われているが、建物の印象が強すぎて残らない。一部屋ごとに細工の違うマントルピース、赤い絨毯の敷かれた大理石の階段。ドアノブや階段の手すりや天井の羽目板、ガラスの照明、何もかもがひそやかに凝った造りで、控えめな照明の中で静かに存在感を放っている。

女はほとんど何も喋らず、部屋をひとつひとつ見て歩いた。展示は木の彫刻作家のもので、作品数はそんなに多くはなく一部屋に一作品か二作品ぽつりぽつりと置かれていた。長く見つめるものもあれば、目の端で流すものもあった。

二階へあがる途中でやっと彼女の名前を思いだす。「理沙子さん」と呼ぶと、段に足をかけたまま猫のようにちらっと視線をよこしてきた。

「曾我野先生とこういう古い建物を見にいったりするんですか」

「あのひとはうるさいから」

背中でそう言うと、彼女は心持ち足早に階段をのぼっていってしまった。つるりとした、思春期の少女のような膝がアンバランスで目の裏に残った。

二階の南側には庭を眺められるベランダがある。大きなガラス窓の前に立つと、立派

な松や紅葉などが枝を伸ばす日本庭園と手入れの行き届いた芝生が見える。今日は残念ながら天気が悪く、どことなく空気がくすんでいる。けれど、ひろびろとした庭を眺めていると、常にもやのようにつきまとっている疑問が静かにはがれていくのを感じた。

この騒がしい街にきてからずっとある、自分はどうしてここにいるのだろうという疑問。

このベランダと、アンリ・ラパンがデザインした円形の書斎が好きだ。この街には作られたものしかない。天井もドーム型になっていて、卵の中にいるような気分になる。

ならば少しでも居心地の良い人工物を僕は求める。

理沙子さんが白と黒の市松模様の床の上で足を止めた。カツンと大理石が鳴る。きりりとした彼女の佇まいは一枚の絵画のようによく調和していた。庭を眺めたままの僕を見る。

「どうしてここに?」

白と黒のこの空間にあまりにも溶け込んだ彼女を見ていると、ふと彼女も作り物のように思えてきた。この女は誰だっただろう。どうしてこんなところで一緒にいるのだろう。

僕と関係があるようでない、不思議な距離。

「あまり展示に興味があるようには見えなかったけど」と、僕をまっすぐに見つめる。

「わかりましたか」と苦笑がもれる。彼女は返事をしない。

「たまにきたくなるんです」と庭に目をやる。

「ここにくると、ロシアの最後の皇帝一家のことを思いだすんですよね」

「最後」と、理沙子さんの眉間に皺がよった。

「ニコライ二世とその妻と五人の子供たちです。皇族として何不自由ない生活を送っていたのに、ある日、新政府によってイパチェフ館に監禁され、最後は狭い地下室で銃殺されました。怪僧ラスプーチンとか皇女アナスタシアとか知りません？　あの時代の話です」

「あまり詳しくないの」

「そうですか。僕は小さい頃、父の書斎の本を読んで偶然、彼らのことを知ったんです。彼らが最後に暮らした家や皇太子の写真を熱心に見たりしました。思ったんですよね。絢爛豪華な宮殿も、幽閉されていた粗末な家も、彼らにとっては変わりがなかったんじゃないかって。いつだって彼らは閉じられた空間にいた。生まれた時から皇族であるのと同じように、最初から完結した生しかなかったんじゃないかって。馬鹿みたいですが、見ず知らずの異国に連れてこられた自分の境遇と重ねたりしていました」

笑ってみたが、彼女は笑わなかった。やはり同じ帰国子女でも違うようだ。けれど、共感を求めていたわけではない。ただ、なんとなく彼女に話してみたくなったのだ。黙ったままの彼女から目を逸らす。

異国にいた頃、僕はロシアの皇族一家の本を読みながら、いつかこういうことが起き

るのかもしれないと考えた。どこそこの家に強盗が入ったとか、知人が使用人に裏切ら
れて金品を奪われたとか、そんな話は両親の会話から時々もれ聞こえてきていた。ある
日、わけもわからず、僕ら一家も虐殺されるかもしれない。けれど、送り迎えなしでは
ここからでられない僕は、何が起きても、ここでそれを受け入れることしかできない。
ぐるりと家の敷地を囲む塀を見渡しながらそう思った。

父の書斎から持ちだした本を胸に抱えて、庭の真ん中に寝転んだ。大きな木の陰で植
物たちの息づかいに身体を同化させると、恐怖はどこかへいった。僕の身体は朽ちて、
植物たちの根で吸収され、葉先で光を浴び、水蒸気となって散っていく。あの庭にいる
時、死は恐ろしくなかった。むしろ、朽ちて彼らの一部になることを想像すると甘美で
すらあった。

けれど、広い家の中にいる晩は毎夜、死を恐れた。

「こういうところに住んでいたの?」

やっと理沙子さんが口をひらいた。

「こんなすごい贅沢な家じゃないですけどね。でも、庭はもっと豊かでしたね。色とり
どりの花が年中咲き乱れて、小さな果樹園や使用人の家まで敷地内にありましたから」

「すごいわね」と彼女が言った。

「わたしは普通のアパートだったわ。全然違うのね、きっと」

小さな声で言うと、「あなたは庭が好きなの？」と窓の外を見た。

「布団の上より、良い庭で死にたいくらい好きですね」

そう答えると、「変な人」と笑われた。

この人にそんな風に言われるのは悪くないなと思った。

館内を一周してから、新館のカフェへ行った。新館は本館とはまったく雰囲気が違う、ガラス張りの無機質な白い空間だ。どことなく曾我野先生のアトリエに似ている。空はますます曇って、空気も庭も灰色がかって見えた。僕はコーヒーを、彼女は紅茶を、どちらもホットで頼んだ。甘いものには目もくれなかった。

「あのひと、神戸の大学の客員教授なの」

メニューを置くと、突然、理沙子さんが言った。

「知っています」

「それで、昨日からいないのよ」

携帯電話を忘れて行ったのだろうかと思ったが訊かずにおいた。まあ、そんなことどうでもいい。

「名前を貸してるだけだから、本当は授業なんてほとんどしなくていいのに」

顔をあげると、彼女が僕を見つめていた。

「でも、ちょくちょく行くのは、神戸に家があるからなの。仕事とか言って、奥さんと

子供のところに行っているの。違うわね、帰っているの」

彼女が会って三回目の僕にいきなりそんな話をする意図が摑めなかった。僕は彼女の苗字すら知らない。いや、ほぼ初対面だからこそ話しているのかもしれない。「ふざけているわ」と強い口調で言った。

曾我野先生はガールフレンドと軽く言ったが、きっともっと抜き差しならない関係なのだろう。少なくとも彼女にとっては、かすかにがっかりしている自分に気付く。何か違う会話を彼女に期待していたのかもしれない。

「携帯だっていつも放りっぱなしで。ずいぶん自信があるんでしょうね。そのくせ、嘘つくの」

マリだったら延々と同じ愚痴を繰り返すだけなので、こちらが何か言う必要はないのだが、どうも理沙子さんはそうはいかない気がした。言葉を探していると、また彼女が口をひらいた。

「本当のこと、言ってくれたらいいのに。男の人のなにが嫌って、みえみえの嘘をつくとこ」

「正直に言ったら満足ですか？ ちょっと妻のところに帰ってくるから大人しく待っててねって」

この人の機嫌を取る必要もないと思い、浮かんだ言葉をそのまま言う。理沙子さんは

ちょっと目を見ひらいた。

「けっこうひどいこと言うのね」

あなたがぐいぐいぶつかってくるからですよ、と思ったが我慢した。彼女の憤慨した顔を愉しんでしまいそうな気がして。仕事の顔に戻すよう努める。そうだ、もともとは仕事絡みの人なのだ。

理沙子さんは考えるように口を結んでから、「でも、まだ言ってくれた方がいい」と言った。

「本当に?」

「本当に」

「どうして?」

「認められてるって感じるから」

店員がやってきて、それぞれの飲み物を置いていった。コーヒーと紅茶の香りが混じり合う。嘘だろうな、と思う。女性が気にくわない時はどんな対処をしたって気にくわないままだ。根本的な問題が解決されない限り、何をしたって満足してはくれない生き物だ。

「あのアトリエって一人だと広すぎるの。白い紙箱の中にいるみたいで」

彼女がカフェをぐるりと見まわす。やはり似ていると感じたのだろう。

「先生はなにか飼ってないんですか?」

「必要ないでしょう」

彼女は紅茶のカップに砂糖もミルクも入れずに口に運んだ。

「だって、わたしを飼っているんだから」

そして、反応を窺うようにちらっと僕を見た。そんな言い方をしたら駄目ですよ、なんて僕は言わない。本人がそう思うのならそれが真実なのだから。

「もしくは所有している。あのひとは傲慢だから自分だけは人間を所有してもいいと思っているの」

僕が黙っていると、理沙子さんは髪をかきあげた。

「編集者って猫を飼っている人が多いイメージがあるけど、あなたは?」

「確かに、多いですね」と答えた。「僕は違いますが、所有しているものはありますね」

とつけ足す。

「それは、なに?」

ソーサーに置かれた紅茶カップが小さな音をたてた。

「僕がいなきゃ部屋で死んでしまうものたちですよ」

僕だけを待っている部屋の植物たち。僕が部屋に帰れなくなったら都会の片隅で朽ちていくだけのものたち。僕にしがみつく彼女たちによって僕は生かされている。何かを所有す

る責任感と甘い恍惚を知っている僕は、あまり曾我野先生を非難できない。理沙子さんが噛みついてくる煩わしささえも自己陶酔に繋がることがうっすら想像できる。手がかかるほど愛着心がわくことも。

理沙子さんが不思議そうな顔をした。でも、そんな心許ない表情はあまり面白くないなと思う。

「理沙子さんは先生が帰ってこなくなったら死ぬんですか？　所有するっていうのはそういうことですよ」

彼女のしっかりした眉毛に意志がこもったのがわかった。しばらく僕を見つめて、それから「ほんと、そうね」とふっと笑った。紅茶カップの縁で赤い口紅がにじんでいた。

彼女は模造品のようにぱっきりしたアンスリウムとは違う。もっと、ずっと生々しい花だ。

「気分転換でしたら、根津美術館の庭もいいですよ。カフェも庭園に浮いているみたいで気持ちが良いです」

コーヒーを飲み干す。理沙子さんはもう紅茶に手をつけなかった。頬づえをついて庭を眺めながら、「それより」と言った。

「今度、ご飯でもいかない？」

「いいですね」と言いながら、この人はどんなものを食べるのだろう、と考えた。お酒が似合う人だとは思った。けれど、彼女にアルコールの気配をまとわせるのが少し怖く

もあった。

理沙子さんと別れると、まっすぐ地下鉄の駅に向かった。一駅前で降りて、会社近くの濠を眺めながら歩いた。僕の会社は比較的、緑が多い地域にある。濠の中の水は相変わらず濁っていて、これから雨が降るのか、もったりとした臭いがたち込めていた。

彼女の様子を思いだす。今日の彼女は膿んだ傷口のようだった。

水と女性は似ている。どちらも澱んでくると、熱を放ち、死の匂いをただよわす。

誰もいない職場で細々とした仕事を片付け、花屋に向かった。ぽんぽんと咲き誇る華やかな花たちの中からひっそりとした小手毬の枝を選ぶ。小さな白い花が、その名の通り毬のようになって、鮮やかな緑の葉と揺れている。

簡単に包んでもらい、家に向かう電車を途中下車する。それほど大きくはない繁華街の色のあせたアーケードに入り、店と店の間の細道を進む。中古レコード屋の入ったビルの階段を上り、濃いブルーのドアを開ける。客はまだいないようだ。

ショットバーのカウンターで緋奈が顔をあげた。

「羽野さん」と笑う。この子の声はいつも鈴を連想させる。ちりちりと儚いのに耳に残る。小さな逆三角形の顔。西洋人形のような、濃い睫毛に彩られた大きな瞳。その目がいつも以上に大きく見える。

スツールに腰かけて、緋奈の髪がびっくりするほど短くなっているのに気付く。おでこも耳も露出している。

「切ったの?」と言うと、　僕より短いかもしれない。

頭の後ろから首にかけてのラインが、くいっときれいにくびれている。「あの子は骨から完璧に美しい」と誰かが賞賛していたことを思いだす。けれど、それはずいぶん昔のことだ。

「ガールズバーと勘違いするお客さんが多いから短くしちゃった。あたしはちゃんとバーテンしたいから」

「バーテンドレス」

「え?」

「男性はバーテンダー、女性はバーテンドレス。マスターは?」

緋奈は「買いだしに行ってる」と口を尖らせた。「そんな言葉聞いたことない」

「後で調べなさい。いつもの作って」

「薬草系リキュールのソーダ割り?」

「そう、イェーガーマイスターでいいから」

「鹿のラベル?」

「一人前になりたかったら早く確認しないで黙って作れるようになりなさい」

はいはい、と緋奈は青いガラス棚に並んだグラスに手を伸ばした。背伸びをして、や

っと手にする。

髪を短くしても、彼女の持つ独特の女っぽさはなくならないばかりか、増したように

すら見えた。睫毛の長さや身体のパーツの小ささが強調されている。鱗粉をまきちらす

妖精みたいだ。

出会った時、緋奈はまだ高校生だった。小学生になる前からモデルをやっていたせい

で、内面はひどく大人びていたが、外見は年齢よりずっと幼く見えた。

無意識化で周囲の期待に応えようとして成長が止まってしまうのか。そういう子はよ

くいる。ただ彼女はそれが誰より過剰だった。

身体は未成熟で、顔は恐ろしく美しい。あの時の彼女には、人生のある瞬間だけにし

かない美しさがむせかえるほどに溢れていて、そのせいでひどく不幸そうでもあった。

そして、その倦怠感ですら色香につながっていた。時代が時代なら、芸術家たちのミュ

ーズになれただろう。けれど、幸か不幸かそうはならなかった。

マネージャー代わりの母親とは折り合いが良くなく、何度も家出しては撮影に穴をあ

けるので評判はどんどん悪くなっていった。

やがて、その毒々しいばかりの魅力は成長するに従って、大輪の花が萎れるように散

ってしまった。背も伸びなかった。モデルとしては致命的だった。美しいには美しいの

だが、どこか不自然さを感じさせた。

緋奈は一時、僕の部屋に住んでいた。「泊めて」と言った彼女の嗅覚は正しかった。僕は彼女に触れることはなかったから。彼女は僕の部屋にいる間、輪ゴムで髪を無造作にくくり、のびのびのTシャツに僕のジーンズを折ってはき、ろくに風呂にも入らなかった。それでも、爪先から髪の毛一本に至るまで作りもののように美しく、ビスクドールのようだった。どこにも属していない、宙にぽっかりと浮いたミステリアスな存在に思えた。

あの頃の彼女は何もない、何も欲しがらない人形だった。

「あたしも飲んでいい?」

僕の前にグラスを置きながら緋奈が覗き込んでくる。

「お酒飲める歳だっけ?」と言うと睨む。「いいよ」と笑って、小手毬の枝を渡す。わあ、と緋奈が花を抱きしめる。彼女は白い儚げな花が好きだ。まるで自分に似合わないところが好きなのだと言う。

「嬉しい。やっぱり花をもらうのはいいね」

「付き合っている人はいないの?」

冷たいグラスに触れる。緋奈の作るカクテルは直線的で澄んだ味がする。

「なかなか好みの人がいなくて」

それを聞いて、最近は落ち着いているんだな、と思った。彼女は母親との折り合いが悪くなると反動のように恋愛に走る。まあ、でもそんなものかもしれない。嫌いなものが目につく時の方が好きなものが見えやすくなる。

「どんな人が好み?」

「うーん、無駄がない感じの人かな。いろんなものをきちんと切り離せる人がいい。お酒を飲みにくる人って余計なものを抱え込んじゃってる感じの人が多くて」

この子はよく大人なのか子供なのかわからないことを言う。本能のような洞察力と感性。

「植物みたいだね」と言うと、緋奈が小花に埋めていた顔をあげた。

「植物?」

「うん、植物は無駄がない。ちょっと前ね、うちのブルーバードの調子が悪かったんだ。ブルーバードってぷよぷよよした葉の、棘のないサボテンみたいなやつだっけ?」

「そう。しばらくは様子をみていたんだけど、調子の悪い葉はどんどん茶色くなっていったから、腐敗して他の葉も傷めたらまずいと思って切ることにしたんだ。それでも、数日はためらってしまって。そしたら、ある日さ、その茶色くなった葉に触れた途端、数枚の葉が弾力をなくしていた。葉がぽろっと剝離してね。もう死んでいた。植物は自分の身体に異常がおきると、その

部分に養分がいかないようにして、枯らして切り離してしまう。迷うことも痛がることもせず。断捨離とか流行ったけど、そんなレベルじゃない。自分の身体の余分なものをすべてそぎ落として生きているんだ」

緋奈は長い睫毛を蝶の翅のようにゆっくりとしばたたかせた。

僕はそういう植物の潔さが好きだ。植物が自らの身体を切り離して生き続けようとする時、僕は静かで強い昂奮を覚える。

「でも、植物は他人に自分をささげたりしないから、そういう人を好きになったら大変かもよ」

緋奈がすこし低めの鼻に皺を寄せて笑った。

「いいの。あたしも誰かに自分をささげたりしないから」

「へえ」と、カウンターに頬づえをつく。飲みたいといったくせに緋奈はまだ自分用の酒を作らない。

「好みの人って、自分がなりたい人だったりするよね」

それには答えず緋奈がカウンターに身をのりだした。

「羽野さん」

「うん?」

「懐かしい匂いがする」

僕の首筋に小さな顔を近付ける。もう酔いがまわってきているのだろうか。確かに、あたたまってきた身体から苦味を帯びた植物の香りがする。

「南フランスの、樹皮からできた香水だっけ。それ欲しかったのに、売ってるとこすら教えてくれなかった」

「緋奈には似合わないからね」と言うと、また僕を睨みつけて、ふいっとカウンターの中に戻った。グラスをとってビールサーバーの方へ腰をふりながら歩いていく。小柄ながらもメリハリのある身体を眺める。ああいうのをトランジスターグラマーというのだろう。

女性ボーカルのジャズに曲が変わる。店内のあちこちに置かれた青いガラス作品やボトルに、高音がぶつかりちかちかと瞬く。二日がくっついた長い一日のせいで身体がだるくなってくる。

外から水音が聞こえたような気がした。さらさらと静かに、雨が降りはじめたのかもしれない。

水の匂いに誘われて、僕の植物たちが背後でゆっくりと目をあける。今朝はあまり植物をかまってあげられなかった。明日は一日中、家にいよう。帰ったら、床にひざまずいてゆっくりと新しい芽を眺めよう。きっと、たっぷりと蜜がたまっているに違いない。

若々しい緑の先端で濡れて光る、粘りのある液体。それを舌先ですくう。

甘く痺（しび）れるような想像はずっしりとした疲れを運んできた。カウンターにもたれたま

ま、夜が深くなっていくのを感じた。

梅雨の京都にいる。

「蒸し風呂だー!」

森田くんが首をのけぞらせて叫ぶ。湿度が高いせいか、声がわんわんとした振動で伝わってくる。

「ああ、もう、ずっと風呂場にいるみたいですよ。真夏なんて地獄でしょうね」

ガラス屋根で覆われた吹き抜けの京都駅は、確かに巨大な銭湯のようだ。髪も服もべたべたと皮膚に張りついてくる。まだ若くて新陳代謝が活発な森田くんは、数時間前にインナーのTシャツを替えたばかりなのにもう汗まみれだ。

「盆地だからね」と言いながら、人の行き交うだだっ広い駅を見まわす。

高さ制限のある京都の街で、この建物と京都タワーだけが近代的で浮いている。

さっきまで撮影をしていた空中径路を見上げる。ガラス板とすっぽりとした空洞で構

成された建物。どうしてこういうデザインにしたのだろう。銭湯というより温室みたいだな、と思う。植物を茂らせたら、目にも肌にも涼しいだろうに。これだけ天井が高ければ樹木だって育てられる。日差しの強い場所には亜熱帯の果樹を植え、全長七十メートルの大階段には蔦を這わせる。青い朝顔でもいいかもしれない。

想像すると、すっとまわりの温度が下がったような気がした。

「羽野さん?」

森田くんが僕の顔を覗き込んでいた。

「ああ、ぼうっとしていた。なに」

「ぼうっとしますよね、ほんと。ええと、もう解散でいいっすよね?」

そわそわと落ち着きのない森田くんに返事をせずに、高津副編集長の姿を探す。さっきまでカメラマンと画像のチェックをしていたはずなのに見当たらない。トイレだろうか。

うちの雑誌は年に一回、必ずといっていいほど京都特集をする。『大人の京都』だの『古都の隠れた名店』だの、『こだわりの京都散策』だのと、雑誌の購読層に合わせた特集タイトルをつけるものの、毎年似たり寄ったりの企画になってしまう。他誌との差異をはかるために上質感はだそうと努めているが、結局は京都の観光案内雑誌と化す。それでも、毎年売れゆきはかなり良い。そして編集部でも、京都に取材旅行に行けるという理由で、皆がこの企画担当になりたがる。京都ブランドの力は圧倒的だ。

今年は僕と森田くんだった。男二人が担当になったので、女性陣からはひとしきり非難をあびた。その後、僕らの机の上は土産の希望リストが書かれた付箋でいっぱいになった。

しかし、慣れない土地で、それも限られた時間内で撮影や取材をするのはなかなかにハードだ。綿密にスケジュールを組んでも、必ずといっていいほど予定は狂う。おまけに京都市内の移動手段はほとんどがバスか車で、一方通行が多くてわかりにくい上に道も混むので、時間が読めない。

街の勝手が違うと仕事がしにくい。観光をしたり、土産を買ったりする時間なんかまったく取れなかった。

「別に俺はそんなに京都好きってわけじゃないんですけどね」

森田くんが携帯画面を見ながらぼやく。編集部の誰かから羨ましいという内容のメールでもきたのだろう。

担当を選んだのは高津さんだった。高津さんは毎年この企画を担当している。「旅行気分で自分の行きたいところばかり選ばれると困るから」と、高津さんはあえて京都に興味がなさそうな森田くんを選んだのだが、言わずにおいた。僕を選んだ理由は、京都はもとより旅行自体に興味がないことを知っているからだろう。僕は滅多に旅行には行かない。出張もなるべく日帰り部屋の植物たちが心配なので、僕は滅多に旅行には行かない。出張もなるべく日帰り

にする。今回は緋奈に植物たちの世話を頼んできた。彼女は少し水を与えすぎる傾向はあるものの、植物たちに対して愛情があり、ちゃんと声もかけてくれる。彼女の鈴のような声ならば植物たちも不快には思わないはずだ。

「その割には詳しかったね。良いセレクトだって高津さんも褒めてたよ。けっこう勉強した？」

「ああ、ミカミが」

森田くんが呼び捨てで言った。森田くんは神社仏閣の取材担当だったのだが、自称寺ガールのミカミさんに協力してもらったそうだ。

「えらく詳しいんですよ。御朱印帳でしたっけ、もう六冊目らしくて。京都は寺と神社のメッカだって言ってましたね」

「彼女、マニアックそうだもんね」

「そうですねえ。そういえば、羽野さんは日本庭園とか好きなのかと思ってましたけど、あんまりなんですね」

「ああ、それは編集長。日本庭園の植物って物わかりが良すぎて、ちょっとね。特に京都ってなにもかも品があって、草花も景観の一部になっちゃっている感じだよね」

「物わかりっすか」

とりあえず笑っておこうという体で森田くんが笑う。言わなきゃよかった、と後悔し

ながら僕も笑っておく。大人の笑顔は便利だ。

高津さんが腕時計を眺めながら戻ってきた。透け感のある黒い麻のシャツが涼しげだ。

「じゃあ、ここで解散にしましょうか」

「高津さんはどうするんですか？　残られます？」

高津さんはシャープな顎先を軽く揺らした。

「ええ、せっかくだから」

「俺は帰ります。三日間満喫しましたし、この蒸し暑さもう限界っす」

今日は土曜日だ。取材は昨日で終わる予定だったのだが、案の定、予備日の今日に食い込んだ。校了前は平日も休日もあってないようなものだが、基本的には土日は休み。

用事がなければ会社に戻る必要もない。

「京都は合わなかった？」

「いや、そんなことはないですけど、俺には渋すぎますかね。なんか、大人のためのテーマパークみたいな街ですね」

森田くんが駅に隣接している伊勢丹デパートの方を見ながら言った。買い忘れたものでも思いだしたのだろう。

「あそこの地下のお土産売り場は充実しているけど、新宿伊勢丹にも入っているお店が多いから気をつけてね」

ハンドバッグから携帯電話を取りだしながら高津さんが言う。「大人のテーマパークねえ」と呟き、「住むと違うわよ」とつけ足した。

「どんな感じなんです」

問うと、小さく笑って京都タワーを見上げた。

「東京と違って、この街は地に足がつく。ちょうどいい大きさなのよ。空が見える都会だしね」

京都タワーではなく、その後ろの空を眺めているのだと気付く。確かに、ビルに埋めつくされた東京の空とは違っていた。

「羽野くんは？」

「ちょっと行きたいところがあるので」

「そう、じゃあ、お疲れさま」

高津さんは撮影スタッフに声をかけると、どことなく弾んだ足取りで去っていった。バスターミナルに並んだ観光客の人だかりに、高津さんの姿勢の良い後ろ姿がまぎれてしまうと、森田くんが「あー眠い、だるい」としゃがみ込んだ。

蒸し暑さに参っているのではなく、単に酒が抜けていないだけじゃないだろうか。昨夜は鴨川の納涼床の撮影終了後に、二人で市内のバーを三軒はしごした。どれも有名なオーセンティックバーで、僕が前に取材で行ったことがあると言ったら森田くんが

行きたがったのだ。鴨川沿いの、華やかな先斗町や木屋町に背を向けると、京都の夜は急に暗くなる。雅な名のついた細い一方通行の道には、飲食店の明かりがぽつんぽつんと点り、適度な暗さが保たれていた。

森田くんの話題はもっぱらモデルのマリのことだった。最近、連絡がないと思っていたら、森田くんと頻繁に遊んでいたらしい。

「ちょっといけるかなって思ったんですが、やっぱ駄目っすわ。なに考えているか全然わかんないし、だんだん全部が計算に思えてくるし」

遊んだというか都合よく使われているだけですよ、と森田くんはぼやいた。

「相手になにかを求めるからだよ。明確な期待を持って関わったら、ニーズが合わないとわかった時点で関係は壊れるものなんだから。幻滅したくなかったらなにも求めない方がいい」

森田くんはうーんと呻きながらカウンターに突っ伏した。

「でも、期待するのは当たり前じゃないですか。なにも求めずに人と関わるなんて無理っすよ」

呂律のまわらない口でそんなようなことを言った。

いや、と思った。無理ではないし、それが一番楽だ。少なくとも僕にとっては。期待を持って人と関われば、奪い合いになるだけだ。それは伝えず、酔い潰れた森田くんに

肩を貸してホテルの部屋まで運んだ。

また肩を貸すのは御免なので、「ほら、お土産買うんだろ。チケットも取っておきなよ」と、背中を軽くたたく。

スタイリストが笑いながら「大丈夫？」と声をかけてくる。「あーすんません」と森田くんがのろのろと顔をあげる。

「羽野さん、どこか行くんですか？」

「ちょっと」と言うと、それ以上は訊いてこなかった。

カメラマンの一人が「それでは、ここで失礼させていただきます」と挨拶にきた。カメラマンやライターは現地の方にお願いすることが多い。

「今日中にはデータを送れると思います」

「週明けまででいいですよ。ありがとうございます」

「副編集長さん、京都に住んではったんですか？　とてもお詳しいですよね」

高津さんが消えていった方を見ながらカメラマンが言った。

「よく知らないんですが、大学はこっちだったそうですよ」

タナハシと高津さんは同じ京都の大学出身だと聞いたことがあった。高津さんは毎年プライベートでも京都に行っているらしいと、タナハシが言っていたことをふっと思いだす。高津さんは独身だ。バツイチだという噂を聞いたことがあるけれど定かではない。

さっきの様子といい、恋人でもいるのかもしれない。

「でも、こっちのひと違いますよね」

「わかります?」

「ええ、それは。雰囲気やら言葉遣いやらでねぇ」

柔らかく笑う。京都の人は男性も女性も言葉や笑顔が柔らかく、必要以上は踏み込んでこない。柔らかいけれど、ひんやりとした目で見抜かれている感じがする。どこのものとも知れぬ草木が群生するような街。その中の、四角く切りとられた空間に隠された、僕の庭。

怖い街だなあ、と思い、東京の雑多さが少し恋しくなった。

京都駅からバスに乗った。

いくつも乗り場のあるバスターミナルは混雑していたが、僕が乗ったバスはわりあい空いていて、立っている乗客はいなかった。

僕は一番後ろの席の窓際に座り、外を眺めた。平らな街には灰色の雲が覆いかぶさっていたが、雨はもうしばらくは待ってくれそうだった。

バスは街の中心地からどんどん離れていく。嵐山の渡月橋を越えた辺りから、道を歩く人が急に少なくなり、景色も長閑(のどか)になった。山に囲まれた京都は街の外れに近付くと一気に雰囲気が変わる。猪や猿がでたりするらしい。

京都にくる前、自由な時間が取れるようなら少し変わったところに行ってみたいと思い、タナハシに相談した。

「あたし、生まれ育ちは京都ちゃうし」

関西の地名をだしただけで、タナハシは関西弁に戻った。

「でも、大学は京都だったろ」

「そうだね」

今度は標準語で短く答えた。「どっかあったかな」と呟きながら、剝がれかけのネイルをいらう。

「ああ、苔寺がいいんじゃない。植物好きにはお勧めだよ」

「苔はあまり範疇にないんだけど」

「草食系でしょ、選り好みするなよ！」

大げさな身振りで僕の腕をはたく。面倒だったので、否定も肯定もせずにぬるく笑って流す。

「つまらん返しやなあ」

「返してない。スルーしたつもり」

「嫌な感じー。関西人にそれありえんから」

タナハシは愛想笑いをしないから楽だ。たいがい深夜に社員食堂脇の自動販売機が並

ぶ小部屋で顔を合わせ、紙コップのコーヒーを飲みながらどうでもいいことをだらだら話す。そういう時、タナハシは時々関西弁になった。

「来年の企画の下見がてら行ってみるよ。こっちは苔庭のある寺って少ないから」

「事前予約が必要やしね。往復葉書で」

「いまどき葉書なの？」

「そう、ハードルが高い感じがいかにも京都やろ。あ、京都の人ってな、自分らのこと関西人って思ってないから関西人って言ったらあかんよ」

顔をしかめながらコーヒーをすする。

「京都人はプライド高いし、ややこしいねん。でも、ええ街やで。夏は暑くて冬寒いから気候は最悪やけど、住むとすっぽり収まる感じで。懐かしいなあ。でも、あの骨にくる陰湿な寒さはもう嫌やなあ」

何の相槌もうっていないのにタナハシは喋り続けた。京都が好きなのか嫌いなのかわからない。高津さんもだが、京都のこととなると急に雄弁になる。大学時代に住んでいた街というのは特別なものなのかもしれない。

就職が人生の大きな転機だと捉える人は多い。そういう人からすれば、今の自分に変わる前の最後の時間を過ごした時代なのだから印象深いのだろう。

「どしたん？」とタナハシが僕の顔を見た。目線が近い。下を見ると、足の甲が床に直

角になりそうなくらい高いピンヒールパンプスを履いていた。靴の隙間から絆創膏が見え隠れしているのが痛々しい。

「いや、どんなだったのかなと思って」

「なにが」

「大学の時のタナハシ」

タナハシは目を細めて笑った。

「本ばっか読んでたな」

目を細めたまま、少し上を見つめる。白い壁以外、何もない。文芸の編集部に行くのがタナハシの入社時の希望だったことを思いだす。

「で、読んだ本について友達とああでもない、こうでもないって何時間でも話してたわ。そのまま朝まで部屋飲みして、眠くなったら雑魚寝して。暇な時は、サークルの部室に行けば誰かがおってさ。バイト先のまかないはおいしくて、他にはなにも要らんかったなあ」

タナハシがすっと手元の紙コップに目を落とす。もう中身はなく、底で茶色い染みが輪になっていた。

「今はなんで、なにもないんかな」

「どうして。今の方が金もあるし、自由じゃない？」

ジュースだって買える、と言いかけて止めた。金のことを考える時、僕はいつも小さい頃に会った老婆のことを思いだした。あの時、僕が老婆にジュースをあげられなかったのは、自分が自由にできる金がなかったからだ。だから、働きはじめて自分で生活できるようになった時、もう老婆の夢はみなくなるのではと期待した。けれど、未だに老婆は消えず、僕のなかで渇き続けている。金があっても、すべてから自由になることはできない。

訂正しようとすると、タナハシが「自由?」とひとりごとのように呟いた。

それから、はっと息を吐いて笑った。

それは、ひどく意地悪そうな笑みだった。タナハシの顔からいびつに浮いたそれは染みのように僕の心に残った。

ふいにバスが大きく揺れた。額が軽く窓ガラスにぶつかる。タナハシがあんな表情をするのはめずらしかった。けれど、彼女はその後すぐに話題を京都のことに戻し、ひとしきり一方的に喋ると自分の編集部へ帰ってしまった。

バスは昔ながらの民家の間を走り、山道を登ると、こぢんまりした駐車場で停まった。

停車中の二台のバスの前で運転手たちが煙草を吸っていた。

アナウンスが苔寺と告げた。

バスを降りると、すぐ目の前に道案内の看板があった。土産物屋も二、三軒ある。同じバスに乗っていた若い女の子の一群が、笑い声をあげながら苔寺とは逆方向の鈴虫寺の方へ歩いていく。願いごとを叶えてくれるというので有名な寺らしい。

バスは思った以上に時間がかかったので、もう予約時間ぎりぎりだった。看板の指す方向へ走る。ネットには時間を過ぎると入れてもらえないことがあると書かれていた。

苔の状態を保つために入園制限をしているらしい。

川沿いの車道を走っていると、強い水の匂いに包まれた。市内よりはずっと気温が低く楽だが、湿度が異様に高い。木の根本や民家の壁、屋根瓦の隙間、川沿いの石塀、いたるところがもうすでに苔に覆われている。苔は胞子で増える。空気中に見えない苔の欠片が散らばっているように思え、頬の辺りにかすかに鳥肌がたった。

関東地方には、京都の古寺に見られるような苔庭はほとんどない。おそらく土のせいだろう。関東地方の土壌は関東ロームという赤土の火山灰層で、霜柱ができやすい。多くの苔は多年生だ。越冬は可能なのだが、霜柱ができてしまうと、苔は地上から持ちあげられて地面からはがれてしまう。

なので、僕は苔にはあまり馴染みがない。園芸店で買ったミズゴケを蘭たちの根元に敷き詰めるくらいだろう。保水性と通気性に優れたミズゴケは若い蘭の芽たちには最適の布団だ。

　小さな橋を渡ると、門の前に袈裟を着た人がいた。予約時間が書かれた葉書を見せると、駅員のような口調で「まず受付をお願いします」と本堂の方へ案内された。本堂で写経を済ませてからでなくては、庭を拝観させてもらえないそうだ。

　一面に赤い布が敷かれた本堂では、もう読経がはじまっていた。ずらりと並んだ文机の上には紙と文鎮、横に硯と筆が用意されていた。習字教室のようだ。机はほとんどが埋まっていたので、後ろの方にそっと正座する。

　外国からの観光客が多く、寺の人が「ノーシューズ、イン」とか「何人？　フォー？」といった、でたらめな英語で誘導している。

　文机についた人は黙々と写経をはじめている。僕も墨をすり、細筆の先を濡らした。紙に薄く印字された般若心経をなぞるだけなのだが、筆先がぶれてうまくいかない。糸虫がのたくったようになる。筆はおろか、字を書くことすら久々なのだから当たり前だ。

　いつの間にか、文字は液晶画面に打ち込むものになっている。

　それにしても、やたら『無』の字が多い。そのくせ、ちっとも心は無にならない。しばらく試行錯誤してみて、肩の力を抜いて書いた方がスムーズに書けることに気付く。

　読経の朗々とした声と、まわりで飛び交う異国の言葉が混じり合い、頭の芯がぼうっとしてくる。小さい頃はよくこんな風にぼんやり人の声を聴いていた。あの広大な庭に寝そべっていると、使用人たちのお喋りや両親の声が風にのって届いた。

無とはなんだろう。溶けることだろうか。

気がついたら書き終えていた。願いごとと住所氏名を書く欄があったが空白にした。携帯電話をだすのはためらわれたので、腕時計を見る。四十分ほどかかっただろうか。痺れた足を引きずりながら写経を提出する。受付をでたところにある東屋でペットボトルの茶を飲んだ。

それから、庭園へと向かった。石の細道を歩いて、庫裡と観音堂の横を抜ける。白い漆喰の塀で囲まれた敷地が庭園だ。

小さな門をくぐり抜けて、木立の中を進んだ。幹はやはりあちこち苔生していた。濡れた石段を下ると、木々の向こうに暗い色をした池が見えた。

庭園は一面の緑だった。人が歩く石の小道以外の地面はすべて苔で覆われている。池にかけられた木の橋も小舟も、木々の肌もまだらに緑に染まっている。池の中央には緑の島が浮いている。その中の小さなお堂も苔に侵されている。木の根本はもこもこと隆起した苔に埋もれている。時折、雲の切れ間から光が射して、濡れた苔の表面に木漏れ日を落とす。目が痛くなるほどに烈しい緑の世界。

撮影で嵯峨野の竹林に行った時のことを思いだした。あそこも一面の緑だった。同じ顔をした植物が整然と並んでいた。竹林の中を歩くと、緑の巨大な怪物の腹ので繋がっている。つまりは一個体の生物だ。竹林の竹は地下茎

中に迷い込んだような気分になる。かすかな恐怖と溶けてしまいたくなるような陶酔感。

目が慣れてくると、一面の緑もあちこちで微妙に色が違うことに気付く。近くで眺めると、苔は様々な形状をしていた。同じ種類で群生している。

小道は池の周囲をぐるりとまわるようになっている。しゃがんで写真を撮っている人が多い。外国人は「モス、モス」と、若い子たちは「ジブリ」を連呼している。しばらく立ち止まっていると、人々は苔の丘の向こうに消えてしまった。庭園は広く、ふかふかと生い茂った苔が音を吸収してしまうせいか、静寂に包まれている。道にしゃがむ。湿り気をおびてひやりとした空気が下の方にかたまっているのを感じた。低い場所から庭を見まわすと、緑が覆いかぶさってくるような錯覚に眩暈がした。

庭は池を中心になだらかなすり鉢状になっている。

そもそも、苔というのは不思議な植物だ。胞子で増えるので、キノコやカビといった地衣類の一種と捉えられるが、まったく違う。苔は葉緑体をもっているので、菌類のように他の生物から栄養を吸い取るようなことはせず、あくまで光合成を行って自力で生きている。シダ植物に近いが、維管束はない。藻類にも似ているが、彼らと違って多細胞で生殖器官も持っている。つまりは藻類とシダの中間的な生物であり、原始の地球から存在していた陸上植物が苔なのだ。

近くの苔に目を凝らす。地面に水平になっているものは傘状に葉がつき、地面から立ちあがっているものは茎の方向に対して葉が垂直についている。いずれも真上からくる日光をもっとも効率的に受けることができるようになっている。ミクロの森が地表を覆っている。

一見、暗くじめじめした環境を好みそうな苔たちだが、僕の植物たちと同じで生育に光は不可欠だ。それも、森の木の枝と葉が適度に地面の水分の蒸発を防ぎ、木漏れ日がまんべんなく当たるような林床が好ましい。この庭は等間隔で針葉樹が植えられており、理想的な環境だ。落ち葉の多い広葉樹だと、降り積もった落ち葉の下で苔が死んでしまう。籠を担いだ庭師が音もなくそばを通った。苔庭は落ち葉を丁寧に取り除くことで美しい姿を保つことができる。苔の生えるに任せているように見えて、そっとさりげなく人の手が加えられている。

しばらく苔と一緒になって木漏れ日を浴びた。　木々や草花にあふれているわけでもないのに、どこまでも緑が満ちていた。

頭の中で、自分の部屋にぽつんと緑を落としてみる。緑は蠢き、じわじわと広がっていく。床を舐めるように這い、壁を染め、ベッドも本棚も濡れた柔らかな葉で包んでいく。ただの緑の点が面となり、僕の庭を埋めつくす。原始の緑は増殖する。ゆっくりと、けれど確実に。　僕は座り続けたまま、すべてが覆われていく様を眺めている。

この苔庭を作った者もそんな景色を眺めていたのだろうか。

ふいに、頬に冷たいものが落ちてきた。湖面にうつっていた木々の影が乱れ、ぽつぽつと無数の小さな波紋が模様を描く。

苔はやはり静かに雨粒を吸い取っていた。細雨にけぶる真緑の庭を見つめていたら、脳裏をふっと女の姿がよぎった。長い黒髪につるりとした膝。理沙子さん、と心の中で名を呼ぶと顔が浮かんだ。赤い唇。彼女にはどことなく赤の気配がある。

立ちあがり、鞄から折りたたみ傘を取りだした。

緑の対照色が赤だからだろうか。目の裏まで染め抜きそうな緑を見ていると、赤の残像がちらつき、理沙子さんの姿と重なった。

携帯電話のカメラで庭の写真を撮る。まるで合成映画のような鮮やかな景色が画面に残った。

理沙子さんにメールをしてみようかと考え、「京都にきています」というタイトルを打ち込んで、消した。

僕は自分から誰かにコンタクトを取るのが苦手だ。

彼女との距離を是が非でも縮めたいわけではない。彼女に何かを期待してもいない。ただ、なんとなく彼女のことは気にかかる。

メールを送ることで、そう思われてしまうのも困る。

こういう時にSNSでもやっていたら便利なのだろうな、と思った。伝えたいけれど、そこまでダイレクトでなくてもいい。ちょっと目にとまって、興味と時間があったらコメントを返してくれれば嬉しい程度。それくらいの淡い繋がりが欲しい時がある。根や触手をじわじわとゆるく伸ばしていくような関わり方。相手の反応にゆだねた一方的なコミュニケーションは楽だ。自分のことをさりげなく知ってもらえるし、相手のことも自分のペースで知ることができる。そういう繋がりを求めて、みんなインターネットにアクセスしてSNSに登録するのだろう。繋がりたいけれど、繋がれたくはない。うちの編集部の若い子たちもツイッターやインスタグラムやラインでそれとなく情報を交換しているようだ。

そうやって網目のように繋がりあったコミュニティが、群生した苔の一塊のように思えた。人と人が見えない場所で手をのばし合っている巨大な街が懐かしくなった。

京都から戻ってからの一週間は仕事に忙殺された。

僕の基礎は植物たちとの規則正しい生活で成り立っていると思う。植物の手入れは欠かさず、部屋を清潔に保ち、消耗品のストックを補充し、汚れ物は極力溜めない。ちゃんとした生活というものは一日で整えられるものではなく、毎日の積み重ねによる。数日間、家を空けるということはその生活のバランスを壊すことで、もちろん仕事のバラ

ンスも崩れるので、出張に行くとその後の調整がなかなか面倒だ。

仕事を終えると、なるべく早く家に戻り、植物たちの機嫌をとった。緋奈は充分な世話をしていてくれたが、僕のいない間に咲いた花たちはやはり不満そうだった。彼女たちが求めているのは、義務的な世話ではなく、見られることなのだ。緋奈は僕が育てている花たちは艶やかすぎてあまり好きではないそうだ。彼女は白く儚い花を好む。彼女にタナハシに会えたのも数日後だった。雑誌編集部は同じフロアにあるが、机にずっといるわけではないので、違う編集部にいると会わない時はまったく会わない。

苔寺を教えてくれたお礼に塩昆布と日本酒の土産を渡した。タナハシは紙袋を覗き込んで、「おやじか！」と眉間に皺を寄せた。

「そっちの部署、この間、おもたせスイーツ企画やっていたからお菓子は飽き飽きしているかと思って」

「これ、お土産というか撮影に使ったものの余りじゃないの？」

僕が土産を買ってくるのが余程めずらしいのか疑い深い。

「素直じゃないな。そこの塩昆布、旨いんだって。酒は高津さんのお勧め」

高津さんは滅多に飲み会には参加しないが、社内では酒豪四天王と呼ばれている。

「なら、ありがたくいただきます」

「あと、これ一応」

ミカミさんや契約社員の子たちに配った余った脂取り紙を渡す。

「あのさあ、女性に脂取り紙ってどうなん？　いつもテカってるよって言いたいわけ」

「テカってないとは言わないけど。そう、うがった見方するなよ。あげた子は誰もそん

なこと言わなかったけどなあ」

「内心ではそう思ってるはずやわ。羽野さんってフェミニストぶってるけどデリカシー

ないなあって」

怪訝な顔をされた。

「いや、別に」

肩をすくめながらタナハシが言う。喜んでいないようには見えないのに、ずいぶん突

っかかってくる。もしかして照れているのだろうか。笑ってしまったのか、「なに」と

「ねえねえ、今さ、アクセサリーの企画やってんだけど、女性のアクセサリーって基本

は男性からのプレゼントなんだよね。美術館にあるようなアクセサリーだと、誰から誰

に贈られたものっていう逸話が必ずついていてさ。自分で買っちゃっている自分はどう

なんかと思うよ」

「いいじゃん。自分で買える財力があるって素敵なことじゃないかな」

タナハシは長いため息をついた。

「あたしはそこまで自足したくないんだけどな」

かといって、誰かに依存して生きるようなタイプにも見えない。

「羽野は一人で充足しちゃっているよねぇ」と冷ややかな視線を向けてくる。悪い流れだ。一人の時間を充実させると、なぜか女性から責められる。話を逸らそうとして「タナハシ、苔玉あげようか?」と言ってみる。

「苔玉?」

流行りのテラリウムとかじゃないの」

「それはタナハシには難しいかな。いま育ててるんだ」

タナハシはちょっと疲れているように見えた。苔玉は簡単だよ、自分のためだけに生きることに。足りないものを自分の力で埋めていくことに。それは当たり前のことなのに、長い間働いていると、時々それが虚しく思えてくることがある。そういう時は物言わぬ何かに愛情を注ぐといい。

生返事をするタナハシに「明日、机の上に置いておくから」と伝える。そろそろ次の打ち合わせの時間だ。

「ねえ、羽野」

立ち去りかけた僕の背中にタナハシが声をかけた。

「うん?」

「三十五になってさ、お互い誰もいなかったら結婚しようよ」

関西弁じゃなかった。へらへらと笑っている。冗談なのか本気なのか判断がつかなか

った。そして、冗談にしてもタナハシに似合う冗談だとは思えなかった。飲み会の時、すぐバツイチになってもいいから結婚したいと騒いでいた姿を思いだす。

「それに頷くこととってさ」

ゆっくりと口をひらいた。

「タナハシのなんになるわけ？　自信？　安心？　それともそういうことを軽く口にできることがストレス解消になっているの？」

言葉を選んだつもりだったが、タナハシの顔を見て、まったくうまく選べていなかったことに気付く。

まずいな、と思い、「気を悪くさせたら申し訳ないけど、そういう冗談って意味があることと思えなくて」とつけ足してみたが、ひび割れた空気を修復することはできなかった。

「意味」とタナハシはかたい声で繰り返した。それから、しばらく沈黙した。廊下が異様に静かに感じた。

やがてタナハシは低い声で言った。

「羽野にはわかんないよ」

「そうかな」

僕に結婚願望はないので、タナハシが結婚をしたがる気持ちは確かにわからない。女

性と男性では身体の構造上、結婚の時期に対する考え方も違ってきてしまうのだろう。

ただ、結婚の目的が存在の肯定なのだとしたらわからなくもない。僕だって自分が丸ごと肯定される居場所は欲しい。みんな欲しいだろう。でも誰かとペアにならなくてはいけないと思い込むのは強迫観念に近いのではないだろうか。

「自己肯定は自分でしなきゃ。他人に求めたら駄目だよ。苦しいだけだ」

その点において、僕とタナハシに違いはない。自分の居場所を他人に求めるか、自分で作るか、それだけの差だ。

タナハシは小さく首を横に揺らした。そして、なぜか憐れむような目で僕を見た。

「あんたは幸せだね」

そう呟くと、「脂取り紙、使ってみるわ」と四角い紙袋をひらひらとふり、トイレの方へ歩いていった。

タナハシがいなくなった後に、自分がほんの少しだけ憤っていることに気付く。蚊取り線香の先の赤い火くらいの小さな怒り。僕は女性特有のあの不可解な発言をタナハシの口からは聞きたくなかった。

そんな口約束ぐらい笑って流すべきなのかもしれない。でも、タナハシにはプライドを持っていて欲しい。そして、他人のプライドの在りかも考えて欲しかった。

とはいえ、正論を言いすぎたなと反省もした。

一旦、編集部に戻る。ミカミさんが頂きものの菓子を配りながら「苔寺、行ったんですって?」と話しかけてきた。あの後どこに行ったんですか、と森田くんの追及が激しかったので結局、喋ってしまったのだ。

「あそこの御朱印は面白いんですよ。羨ましいです」

「ああ、ごめん。もらってくればよかったね」

「駄目です。そういうのは自分で参拝していただかないと」

ミカミさんは眼鏡のフレームにちょっと手をそえた。

「そういえば、羽野さんはなにをお願いしたんですか。今日は裏がピンクのフレームだ。すぐ近くに鈴虫寺もあったでしょう」

「いや、そっちは行かなかった。願いごととか特になくて」

「ないんですか」と驚かれる。

「ないなあ。それに、願いごとを叶えてあげますから信じなさいっていう宗教の姿勢があまり好きになれないんだよね」

「違いますよー」と、ミカミさんが困った顔で笑った。

「お願いごとをすることは、自分にとってなにが大切かを考えるってことなんです。その人が自分を見つめなおす場をつくることがお寺の役割で、願いを叶える叶えないではないんですよ」

僕の机の上に薄紙で包まれた菓子を置く。「日持ちしないので早めに食べてください
ね」と微笑み、「羽野さんはときどき子供みたいですね」と隣の机の崩れかけた本の山を整
える。ミカミさんは時々お母さんみたいだ。でも、言ったら微妙な空気になるのだろう。

去りかけて、ミカミさんがくるりとふり返る。ちょっと、びくっとしてしまう。

「羽野さん、金平糖と葛湯の箱もらってもいいですか」

「いいよ。箱集めているの」

「彼がミニカーを集めているんです。ああいう小さい箱、ケースにちょうどいいんです
よ」

控えめな声で言い、照れ笑いを浮かべる。恋人とうまくいっているようだ。

彼女だったら、たったひとつの願いごとも迷わないのだろうな、と思った。さっきの
タナハシを思いだす。彼女は願いが多すぎて選べないのかもしれない。

あまりに沢山の願いごとがあるのと、まったくないのとは、何も願えないという点で
は似ているような気がした。

高い灰色の塀に沿って歩く。反対側は住宅街だ。しんと静まり返った日曜の朝。
無機質な塀からは大木がにょきにょきと突きだして、蔦が垂れ下がっている。濃い緑
の匂いが漂う。

券売機でチケットを買い、コンクリートの門を抜ける。広いゆるやかな坂道を進むと、都心とは思えないような森林に迷い込む。北米の針葉樹やヨーロッパの巨大なヤナギ、南国の蘇鉄や椰子、シダの園、笹の藪、広葉樹と落葉樹の森、そしてツツジの茂みや百日紅の木、藤棚に梅林と、年中何かしらの花が雑多な楽園のように咲いている。ありとあらゆる植物が伸び伸びと生い茂っていて、一瞬ここがどこなのかわからなくなる。

下草にスニーカーを濡らしながら歩いていると、ポケットに入れた携帯電話が震えた。

緋奈からのメールだった。

──桜並木のベンチで待ってます──

日本庭園に向かっていたので、来た道を戻る。道に張りだした太い木の枝をくぐる。

『枯枝等があります。頭上注意してお廻り下さい』の立て看板が目に入る。

ここは小石川植物園。別名は東京大学大学院理学系研究科附属植物園。植物に関する研究施設でもある。江戸時代は幕府が薬になる植物を育てるために作った薬草園だった。

しかし、植物園といっても、予算不足のためか、敷地があまりに広大なためか、ここの植物たちには人の手があまり入っていない。植物たちは共生しながら一種独特な景観をつくりあげていて、ジャングルのようにお互い絡み合っている。一見、野放図に見えるが、野性的な美しさがあるように思えて気に入っている。巨木の林を抜けると、ベンチに座った人影が見えた。桜の木はひらけた場所にある。

葉だけになった桜の枝で顔は見えない。

近付くと、ベリーショートの小柄な少女がすっくと立ちあがった。緋奈だ。「羽野さん！」と駆けてくる。チェックの長靴に大き目のウィンドブレーカー。カジュアルな服装をしていても、彼女はいつもコケティッシュな魅力をふりまいている。

「ひさしぶり。こないだは植物たちの世話をありがとう。なかなか店に行けなくてごめんね」

「忙しいの？」

「わりとね」

羽野さんがくれた京都の老舗旅館の石鹸、すごくいい匂いだった。あの香り好き」

緋奈が伸びあがるようにして言う。陽の下で見ると、肌が透けるように白い。リップしか塗っていないのに唇は林檎の実のように紅く、頬はうっすらピンク。白雪姫の格好をさせたら似合うだろうな、と思う。緋奈は女の子っぽい服装は嫌がるだろうけど。

「だと思った」

「どうして？」

「緋奈は天然香料を嗅ぎわけるからねえ。それにあれは白檀の香りが強い。白檀には白の字が入っている」

緋奈はにっこりと微笑んだ。彼女は女性らしい甘い香りよりもウッディでユニセック

スな香りを好む。

「桜、見ていたの？」

「うん」と、緋奈のまなざしの先で青い若葉が揺れた。風が吹いて、昨夜降った雨粒がガラスでできた花びらのように枝から散る。花の頃は終わっても、まるでそこに花があるかのように緋奈は桜の木を眺める。

ベンチに並んで腰かける。一度散歩に連れてきてから、この植物園は緋奈のお気に入りになった。どこかから花の香りが流れてきて、虫の翅音が耳をかすめた。桜の木の向こうに首にタオルを巻いたり、長靴を履いたりした人々の一群が見えた。通り過ぎていく。年齢は高めだった。

「ボランティアかな」

緋奈が小さく首を傾げた。

「羽野さんも入れば」と悪戯っぽく笑う。

「そういうの嫌い」

「だよね。善行アレルギー？」

「そういうんじゃないけど」

ざわめきがだんだん遠くなっていく。

「奉仕活動は嫌かもしれないけど、植物仲間ができるかもよ」

「うちの会社にもあるよ、植物好きの集まりみたいなの。でも、僕はちょっと違うんだよね。植物が好きな人って蘭だったら蘭、バラだったらバラって一種にこだわる人が多い。僕はいろいろな植物を育てたいから……」

「節操なしなんだ」

緋奈が笑う。

「そうかもなあ」と笑いながら、植物が好きというより植物に覆われた場所が好きなのかもしれないと思う。ああやって集団で植物の手入れをするのも多分苦手だ。自分以外の人間の気配のない空間で植物に静かに触れたい。

横に座る緋奈を見ると、首を傾けながら目だけで微笑んだ。どうしてこの子だけは一緒にいても大丈夫なのだろう。部屋にも入れることができる。友達でも恋人でもない。一時期、緋奈は僕の鑑賞物だったし、彼女もそれを受け入れていた。今はどこでもない場所を共有する同志とでもいえばいいのだろうか。

「ボランティアの語源はラテン語のウォランタスからきていて、意志という意味があるんだって」

桜の木を見つめながら緋奈が言った。意志という言葉を口にしながら、確かな意志をまるで感じさせない口ぶりだった。

意志か、と思う。週末の企画会議で森田くんが推したにもかかわらず、マリは秋の読書特集のモデルに選ばれなかった。彼女には意志がない、とデザイナーとカメラマンに反対されたのだ。伸びていくモデルには、見た目のきれいさだけではなく存在感がある。それは芯がぶれていては発揮されないものだ。緋奈が駄目だったのもそれがあるのだろうか。

緋奈は自分の意志に反して、どうしたって周囲から浮いてしまう。きっと小さい頃からそうだっただろうことは、初めて会った時に気付いた。そこに、妙な親近感を覚えた。

「羽野さんは他人の意志を嫌うよね」と、緋奈が足をぶらぶらさせた。

訊き返そうとすると、緋奈は急に立ちあがった。

「先生！」

ベンチのすぐ横に作業着姿の老人がいた。しわくちゃの帽子を被り、軍手は泥で汚れている。先生なのか、緋奈がそう呼んでいるだけか、一見すると植物園の管理人にしか見えない。

「前にここで知り合ったんだ。先生はね、いろいろ教えてくれるの。さっきのボランティアの話も先生の受け売り」

緋奈が嬉しそうに僕に先生と呼ぶ老人を紹介する。頭を下げる。老人の表情は帽子に隠れてよく見えない。

「ハンカチの木とか見せてくれたよね。白い花の」

「あれは花ではなく苞葉だね。二枚の大きな白い苞葉がよく目立つからハンカチの木と呼ばれてる」

老人はゆっくりと話した。

「幽霊の木ともいいますよね」

僕が言うと、はじめて僕の方を見て「そう」と頷いた。目元の皺が深まる。笑ったようだった。

「先生は木の病気の研究をしているんだって」

「樹病学」と老人は言い、僕らに背を向けて桜の木の方へ歩きだす。

緋奈が巾着型のショルダーバッグからミネラルウォーターのペットボトルを取りだした。いつの間にか日が高くなっていた。土が温まり空気がゆらゆらとゆがんでいる。緋奈が誰かに懐くのはめずらしい。

「植物にとっての病気の定義ってなんですかね」

僕の呟きに老人の足が止まった。

「病気とは健康に相対する言葉。健康な樹木というのは、根から水分と無機養分を吸収して、細胞および維管束を通過させて葉にそれらを供給する。葉は光を受けて光合成を行い、その結果、根や茎は伸び、葉は茂り、花を咲かせて実を結ぶ。これが、樹木の正

常な生命活動。だから」

ふり返って僕を見つめる。左目が白濁していた。

「樹木にとっての病気とは流れを乱されることだな」

「流れ」

「そう、正常な生命活動を乱されて起きる諸症状を、広義の意味で病気と呼んでいる」

「難しい……」と、緋奈が頭を抱えた。

「木ってそんなに病気あるの？　頑丈そうに見えるけど」

「この木だけでも、根頭がんしゅ病、デルメア枝枯病、斑点病、環紋葉枯病、ならたけ病、さめ肌胴枯病、植物寄生性線虫、ビロード病、白粉病……六十以上はあるけど、まだ聞くかね？」

ぶんぶんと緋奈が首をふって、老人が掠れた声で笑う。

「これでも、まだわかってないことがたくさんある。これはソメイヨシノだが、桜といっても日本だけで六百以上もの品種がある。でも、我々は名前をつけて分類しているだけで、すべてを知っているわけじゃない。京都にいる桜専門の植木職人の方がずっと詳しい。彼らは土を調べなくても花弁の味で、肥料を使っているか、いないかまでわかる」

「花弁の味で」

「肥料を使っていない方が花弁が薄く軽くなって、風によく舞うんだと。その方が人の

目を楽しませるそうだ。花を扱う人間は業が深い」

老人は桜の幹に手をあてて梢を見上げた。背の曲がった小さな肢体は黒くねじれた桜の幹に、いまにも吸い込まれてしまいそうに見えた。

「植物っていつ死ぬんですか」

気付いたら口にしていた。慌ててつけ足す。

「植物を育てていると、どうしても枯らしたり病気にしてしまうことがあって、そういう時迷うんです。死んでいるか、死んでいないか。枯れたように見えて生き返ったりするものもあるし、ただの冬眠の時もあって。もう絶対に生き返らないと確信するまで。その時間がけっこう滅入るんですよ。植物っていつ死ぬんでしょうか。植物はいつも気付くと手遅れになっていて、死の瞬間を目にすることができないから、やっぱり自分とは違う存在なんだなあって寂しい気持ちになるんですよね」

老人は桜の幹に耳をあてた。帽子が斜めになってずり落ちそうになる。

「きざしは耳を澄ませばわかるもの」

「耳?」

老人は目を閉じた。静かな声で話す。

「そう、耳。息をひそめて耳を澄ます。そうしたら、よく見えるようになってくる。見

ると言っても、肌や五感を使って感じる。植物は我々から見えない場所も植物だからね。根も普段は見えない。それだけでなく、放つ匂いや空気も彼らの一部なんだ」

老人が木から顔を離した。僕を見る。水の音がした、と思ったら緋奈がペットボトルを揺らしていた。

「調べれば、きざしは見つけられる。けれど、確かに見つけた時にはもう遅いことも多い。でも、それは人間も一緒だよ。いつ死に至る病にかかったか、なにがその人の精神を壊してしまったのか、それは本人もまわりもなかなか気付かない。決定的な症状が現れるまでは。そこに大きな違いはないと思っているよ」

微笑む。深い皺の奥の白濁したまなざしを放っていた。

「ありがとうございます」と言うと、老人は頷いて、隣の木へと手を伸ばした。

緋奈は老人の姿をくつろいだ表情で眺めていた。質問を終えてしまうと、老人はもう僕には目もくれず、なんとなく疎外感を覚えた。

「そろそろ行くよ」と緋奈に言う。

「お昼ごはんに行かない?」

「髪を切る予約をしているんだ」

「また?」と緋奈がベンチに腰を下ろす。

「伸びたから。植物がぐんぐん伸びる季節って、人の髪も爪も伸びるらしいよ」

「そうかも」と、自分の短い髪に触れる緋奈に「なにかあったらいつでもきていいから」と声をかける。緋奈は「ありがと」と短く笑った。

土からたちのぼる水蒸気と植物たちの匂いが混じって、空気がなまぬるくなっていく。虫たちの翅音が小さな振動になって伝わってくる。今日は暑くなりそうだ。

髪を切ったら、僕の植物たちの剪定もしなきゃいけないな、と思った。

その晩、曾我野先生に資料を持ってきて欲しいと呼びだされた。実際に電話をしてきたのは理沙子さんで、当の曾我野先生は仕事場からなかなか出てこなかった。

理沙子さんはなぜか先生を待つ僕のそばにいた。退屈そうに、バーカウンターでジントニックを作っては手渡してくれた。

静かだった。夜が刻一刻と深くなり、酔いがゆるやかにまわって、宙に浮いたような気分で僕は昔の景色を思いだしていた。昼間、老人に会ってからずっと頭の中を占めている景色。

「待つの、慣れているの?」

時々、理沙子さんの声が届いた。その度に、「そうですねえ」と曖昧な返事をした。何かを待つ間、僕はいつも心を違う場所にやる。もしくは、その場所に意識を溶け込ませる。

「なにか喋ってよ」と、理沙子さんが言う。けだるげに視線をさまよわせながら。

なんでも良さそうだったので、昔のことを話した。

僕が育った国には季節は二つしかなかった。

雨ばかり降る雨季と、雨のまったく降らない乾季。

乾季がくると植物は枯れ、地面はひび割れ、動物たちは飢え渇いた。木々はわずかな水分を求める大型草食動物たちに皮を剥ぎ取られ、根を掘り返され次々に倒れていき、世界は地平線の果てまで黄土色に干涸びていく。さえぎるもののない地面の上で、人も動物も植物も照りつける太陽にじっと耐えるしかない。

人の作った建造物は枯れない。だから、僕らの住む都市部はまだましだった。

しかし、ひとたび車で市街地をでると、力尽きた生き物の白い骨があちこちに転がっていた。乾燥しきった骨は、枯れた木の枝や根と見分けがつかなかった。

街の外では、僕はどんなに促されても絶対に車をでなかった。用を足すのも限界まで我慢した。大地は絶望的に広く、大人とはぐれることを考えると、子供ですら容易に死を想像することができた。

雨季はふいにやってくる。巨大な黒雲が大きな影で頭上を覆い、ぽつ、という一滴の雨粒を合図に滝のように降りそそぐ。生き物は皆、上を向いて水を受ける。その雨は何日も何日も続き、広大な大地はいつしか一面の緑に染まる。

京都の苔寺の庭園を歩いている時、僕はあの国のむくむくと膨れあがるように増殖する緑を思いだしていた。雨季になるといつも、はるかな景色が緑に覆われていく様を眺めた。その国にいた頃の僕は、まるで小さな神のように俯瞰的にものごとを見られた。

黄土と緑。世界はそのわかりやすい二色を繰り返して成りたっていた。

けれど、それも塀に囲まれた庭では違った。僕の家の庭では、乾季でもスプリンクラーがまわり芝生に小さな虹を作っていたし、プールにはいつも清潔な水が満ちていた。年中、緑の楽園だった。

一度だけ、その完全な楽園が崩れたことがあった。

家にはちょっとした食事やお茶ができるテラスがあり、その前にはバーベキューや野外パーティーのためのひらけた芝生があった。真ん中に名も知らぬ大きな木がどっしりと根を張っていて、悠々と伸びた緑の枝はほどよい日陰を作っていた。僕はよくその下で芝生に寝そべって昼寝をした。目を閉じていると、庭の植物や小さな生き物たちの気配が押し寄せてくる。ここが庭の中心なのだとわかった。

雨季のある晩、その木に雷が落ちた。木は炎に包まれた。雷の轟音と火の眩さで使用人も僕たち家族も飛び起きて、テラスから燃える木を眺めた。ほどなくして、雨が火を消し、父親は僕に寝室に戻るように促した。

次の日、木は真二つに裂けていた。焼け焦げてはいたが、梢の先にはまだ緑の葉が残

っていた。危ないから伐ると言う父親を、「まだ生きているから」と僕は必死で止めた。

それから、二、三日後のことだったと思う。毎朝、庭を一周するのが日課だった僕はサンダルで外に出て目を疑った。

裂けた木に雪が積もっていた。

雪など降ることのない国だった。朝の澄みきった空気の中、僕は呆然と立ち尽くした。しばらくして、雪ではないことに気付いた。白い粒は雪より大きく、わずかに黄ばみ、ひとつひとつにぬめっとした光沢がある。近付いて、よく見ると、無数の小さな茸だった。真っ白な茸が木の表面をびっしりと覆っていた。裂けた断面からは溢れだすように生えている。

いつの間にか使用人たちが木を取り囲んでいた。使用人たちは僕を押しのけ、わらわらと木に群がり、茸を取りはじめた。

差しだされた茸から顔を背け、頭上を見上げると葉が散りはじめていた。

あの時、僕は木が死んだことを知った。

話し終えると、理沙子さんはバーカウンターに肘をついて、何の感想も述べずにかすかに顔をしかめた。

ガラスの向こうには青い芝生が見えた。暗い夜の下でもつやつやと輝いている。それはいつ行っても枯れることも伸びすぎることもなく同じ顔をしていた。

5

夏は疲れる季節だ。都会に住んでいると、特にそう思う。

室内という四角い箱から、電車というこれまた四角い箱に乗る。目的地は広い狭いの差こそあるとはいえやはり四角い箱で、夏はそこが密閉された空間であることを意識させられる。汗をかいたり冷えたり、女性社員に部屋が寒いと文句を言われたり、常に室温にふりまわされ、外気との差に体力を消耗する。

冷蔵庫のように冷えきって乾燥したフロアから出ると、緑のない都会の狂気じみた暑さが押し寄せて、植物たちを残してきた自分の部屋が不安になる。僕の植物たちは南国のものが多いけれど、風の通らない閉めきった室内はさすがに心配だ。

部屋の気温が上がりすぎないように、昔は昼間も遮光カーテンをしていた。けれど、それでは日光が不足するだろうと思って水をやりすぎると枯れてしまう。夏のべたべたした空気で病原菌が増殖するのか病気にもなりやすいし、乾燥するだろうと思って水をやりすぎると枯れてしまう。

毎年あれこれと試行錯誤をしてみたが、最善策はよくわからないままだ。植物の生命力に頼るしかない。結局、夏は耐える季節なのだという結論に達した。人も植物も。春から初夏に向けて生長した身体に水分を溜め込んで耐える。秋の美容雑誌で夏枯れ肌という単語をよく目にするが、植物も夏の間に外皮は硬くなり、柔らかかった葉の緑も濃くなっていく。

昼過ぎ、編集部はゆるい空気に満ちていた。人もまばら。節電ブームのおかげでエアコンで冷えすぎることもなく快適だ。

ブラインドの隙間から、銀色の油を塗ったようにぎらぎらと光る向かいのビルを眺める。打ち合わせのために外に出ないといけないのだが、どうにも気がそがれる。手帳をひらいて植物の配置替えを考えていると、隣の席から「希望日に丸をつけてください」と紙がまわってきた。ビアガーデン飲み会の誘いだった。

夏がはじまったばかりだってのに、冬号の企画会議ってどうなんすかね。

先週の会議の時に森田くんがそうぼやいた。雑誌の編集部にいて何をいまさらと僕は無視したが、森田くんが言うと妙にみんなが納得してしまい、せっかくだからみんなで夏らしいことをしようという話になった。結局、ビアガーデンに決まったようだ。妥当だけれど何のひねりもないな、と思いながら、一番多く丸のついている日にボールペンの先で小さな円を描く。

「眠そうですね」

後ろから声をかけられて、誰かわからないまま「最近、食べると眠くてね」と返す。

「もう夏バテですか。羽野さん、体力なさそうですもんね」

去る気配がないのでふり返ると、ファッション誌の契約社員の子が立っていた。前に

コールドプレスジュースをくれた子だったが、相変わらず名前を思いだせない。そして、

相変わらず作りこんだ化粧をしていた。

「羽野さんって植物に詳しいんですよね?」

「詳しいというか、好きだね」

「今度、コスメと花の特集をするので、なにかアドバイスをいただけたらと思って」

「イメージとして?」　実際に美容に使われてきた植物を挙げた方がいい?」

「イメージ?」と、首を傾げる。口角をくいっとあげた笑顔を崩さないままだ。可愛い

というか、立派だなあと思ってしまう。

「ラベンダーやローズの精油とか、香りづけ用の花じゃありきたりじゃない。例えば、

花言葉で選んで、各々の化粧品会社のイメージと合わせてみるとか。あと、花の特徴を

生かすのもありじゃないかな。蘭とか美しいだけじゃなくて環境適応能力も高いから百

年近く生き続けるものもあるんだよ。花の命は長い、というイメージを誌面デザインに

反映させたりできるし」

「あ、なるほど。はい、はい」

ファッション誌の子は慌てて携帯電話を取りだしてメモを取る。

「ごめん、今からちょっとでなきゃいけないんだ」

「あ、今じゃなくていいんです。また時間もらってもいいですか?」

「いいよ」と立ちあがると、上目遣いでじっと見つめてくる。これって僕が誘わなきゃ

いけないのだろうか。

「じゃあ、ビアガーデンの時にでも」

確かファッション誌の編集部にも声をかけているはずだ。そう言うと、見るからにが

っかりした顔をされた。

「もう少し練ります。ありがとうございます」と、膝を揃えてきれいにお辞儀をするフ

ァッション誌の子に「そういえば、タナハシは?」と声をかける。僕が植物を育ててい

ることを知っているのはタナハシだから、僕への相談だったら真っ先に彼女がくるはず

だ。そうじゃなくても、タナハシならばある程度やりたいことが固まってから質問をさ

せる。

「お休みなんです」と、ファッション誌の子はなぜか笑顔を作って言った。

「めずらしいね」

それには答えず、小さく会釈をしながら自分の編集部へ戻っていく。先月、タナハシ

のデスクの上に苔玉を置いておいたのだが、その反応を思いだした。水やりの仕方や置き場所などをメールしたはずなのに、返信もなかった気がする。

泊まり込みを続けて、冷房で夏風邪でもひいたのだろうか。仕事に根を詰めすぎるところがあるからなあ、と考えていると、通りかかった森田くんが「ちょっと羽野さんに気がありそうですよね」と肘で突いてきた。

「まさか、あいつに限ってないよ」と言うと、「へ？　あいつ？」と驚いた顔をする。

「あいつなんて言うほど矢口さんと仲良かったんですか？」

「矢口さん？」

「もー羽野さん、しっかりしてくださいよ。さっき喋ってたじゃないですかー、俺、あいうお姉さんっぽい人めっちゃ憧れなんですけど。人妻になってから色気増しましたよね」

「ああ」と立ちあがり、ホワイトボードに向かう。やっと名前がわかった、と思いながら行き先を書き込んで、まだ何か言っている森田くんを「人妻って言い方、なんか下品だよね」とたしなめてフロアを出た。

いつの間にか時間がぎりぎりになっていたのでタクシーを使った。

スロープ状の坂をのぼり、無数の国旗がはためく国際ホテルのエントランスに入る。

古い建物のせいか、天井が低く圧迫感がある。夏の昼間だというのに間接照明のぼんやりとした灯りに包まれていて、一瞬、時間も季節もよくわからなくなる。絨毯が靴音を吸い込む。

中庭が見渡せるロビーに行くと、ガラス窓のそばに曾我野先生の灰色の蓬髪が見えた。ソファに浅く腰かけ、背を丸めて丸テーブルに身を乗りだしている。

時間を確認して早足で近付く。曾我野先生はいつものようにTシャツにワークパンツというラフな格好だ。

「すみません。お待たせ致しました」

曾我野先生は口を半びらきにして顔をあげ、「ああ？」と怪訝な声をあげた。近くの女性客がちらりとこちらを見る。

『Calyx』の羽野です。二時からのお約束をいただいています」

ここのホテルは大幅な改装工事を予定していて、曾我野先生が建築デザインをすることになっていた。今日はその下見と打ち合わせをするというので、見学させてもらう約束をしていた。古いホテルが建築デザイナーの手でどんな風に生まれ変わるのかを、ドキュメンタリー風に記事にするつもりだった。

「ああ、そうだった。すまんな、すっかり頭から飛んでいた。いや、君は時間通りだよ。俺らが早くきすぎちゃってさ」

俺ら？　曾我野先生は頭をかきながら座れ座れと笑う。　言われるがまま腰を下ろすと、女性のホテルスタッフがすかさずメニューを手渡してきた。

「朝からずっとここ」

ハスキーな声が後ろを通り抜けた。マグノリアに似た香りがして、黒い髪が横でさらりと揺れた。理沙子さんが隣のソファに座る。ノースリーブの黒いロングワンピースを着ている。今日はあのつるりとした膝が見られないのか、と残念に思った。

「ごめんなさいね」と、理沙子さんが髪を耳にかける。金の腕輪が手首でしゃらしゃらとか細く鳴った。今日は赤い口紅を塗っていない。

「起きるなり、午前中の光の差し込み方も見たい、と言いだして。まあ、ここのモーニングをゆっくり食べられたからいいんだけど」

一度、スケッチブックを渡してもらってから、曾我野先生とのファックスやメールのやり取りはすべて理沙子さんを通して行われていた。メールには時々、理沙子さんからの私信もついていて、たまに食事やお茶を一緒にすることもあった。僕から誘うことはなかったが、外で二人で会っていることを曾我野先生が知っているのかはわからないので、なんとなく気まずい。いつもの感じで理沙子さんと話していいものか判断しにくい。

理沙子さんはそんな僕を気にした様子もなく喋り続ける。

「だから、打ち合わせも終わってしまったの。ホテルの人たちが困っているのに無理や

りやったのよ。あ、ごめんなさい、連絡すれば良かったわね」

「大丈夫です。また次の機会に見学させていただければ。どんな風になるのか楽しみですね」

ロビーを見渡す。日本庭園はよく管理されているが、ロビーのシャンデリアと合わない。黄金色の天井は趣味が悪く、壁のタペストリーも前時代的だ。このホテルの内装は全体的にちぐはぐな印象がある。曾我野先生の手が入れば、ずいぶん都会的ですっきりした空間になるだろう。

「ねえ、そういえば、次の打ち合わせの日って決めたの?」

返事がない。曾我野先生はノートに文字だか絵だかわからないものを書き殴っている。

「ちょっと」

理沙子さんの眉間に皺がよる。

突然、ぐいっと曾我野先生が顔をあげた。理沙子さんではなく、僕を見る。

「君、小さい頃に一番印象的だったホテルは? 帰国子女なんだろう」

「え……」

理沙子さんが言ったのだろう。前に違うと嘘をついてしまったので言いよどむ。頼んだカフェ・オ・レが運ばれてきた。男性の給仕が、よく訓練された仕草で目の前でミルクとコーヒーを別々に注ぐ。カップの中で、白と褐色の液体が混ざり合っていく間、誰

も口をきかなかった。曾我野先生の強い視線を感じながら、僕はマーブル模様を見つめ、カフェ・オ・レを頼んだことを激しく後悔した。

給仕がいなくなると口をひらいた。

「ワニがいましたね」

「ワニ？」

「大きなホテルはその国に一つしかなかったんです。でも、国賓級の方々が泊まるのでとても豪華でしたね。宝石のでる国だったので、大きな切りだしのアメジストや孔雀石が飾られたりしていて。そこにもこんな中庭があって……」

僕は日本庭園の方を見た。

「ガラスでぐるりと囲まれた中庭だったのですが、そこにワニがいました。ものすごく巨大な。僕が小さかったせいだけじゃなく、あれは今思いだしても大きかったですね。泥色でごつごつしていて、いつも口から牙を覗かせながら、日向ぼっこをしていました」

「クロコダイルか。ガキには堪らんだろ」

「それが、僕は怖くて怖くて。いつガラスを破って襲ってくるかといつも震えていました。悪いことをした時に、母親にワニの餌にするって脅されたことがあったので、ホテルに行ってもワニばっかり気になってしまって、まったくホテルのことを覚えていない

んですよね。　参考になりませんね」

「君は繊細そうだもんね」と、曾我野先生が豪快に笑う。アイスコーヒーを音をたてて吸いあげたかと思うと、ふっと真顔になってまたノートにボールペンを走らせはじめた。紙をどんどんめくっていく。

やがて、ノートを使いきった曾我野先生はペーパーナプキンに描きはじめた。ペン先でナプキンが破れると「くそっ」と声を荒げ、ノートを摑んで立ちあがった。大股で歩き去っていく後ろ姿に、理沙子さんが「どこ行くのよ！」と鋭い声をぶつけた。曾我野先生は「ああ」と戻ってきて、折財布からカードを一枚引き抜くとテーブルに置いた。

「調べたいことがある。先に帰れ」

僕とも理沙子さんとも目を合わせない。意識がどこか他の場所にいってしまっている。曾我野先生が見えなくなると、辺りの温度が下がったような気がした。

「いつも、こう」

理沙子さんが呟く。彼女の前のハーブティーはさっきから一ミリも減っていない。

「先生が打ち合わせの間、なにをしていたんですか」

「スパ」

短く答えると、細い腕を伸ばして曾我野先生の置いていったカードを取る。肌から花の香りがたった。甘すぎて、彼女にはあまり似合わない。

「もっと高いコースを選べば良かった」

掠れた声で言うと、「ねえ」と僕を見た。

「また気分転換につき合って」

なにがしたいですか、と訊くと、歩きたいと言われた。

等々力渓谷を提案したが、遠いところは嫌だと断られた。

裏口からホテルを出て、坂道を下り、住宅街をあてもなく歩いた。思った以上に蝉の

声が響いていた。眩しい日差しで目の奥がじんじんする。

理沙子さんはサングラスをかけてすたすたと進む。暑くないですか、と声をかけても

返事はなかった。汗を拭きながら後についていく。

しばらくすると、理沙子さんの歩調がほんの少し落ちた。横に並ぶ。

「足が早いですね」

「毎日、走っているから」

知っている、と思う。健康的に日焼けした肌を眺める。表情は健康的とは言い難いけ

れど。僕が黙っていると、「訊きたいことがあるの」と低い声で言ってサングラスを外

した。

「なんですか」

「わたしたちのこと、どう思う?」

僕と理沙子さんのことではないのは明白だ。　理沙子さんはいつだって曾我野先生のことしか考えていない。

「個人的に?　一般的に?」

「どっちも」

「どうも思わないですよ」

悪く捉えられないように、なるべく穏やかに言う。

「どうも思わない?」

「そうですね。まあ、よくある話なので」

「よくある?」

理沙子さんが切れ長の目で僕を睨みつける。

「これ以上、機嫌を損ねるのは怖いので言いません」

僕が笑うと、「男ってすぐへらへらして逃げるわよね」とまた足を速めた。そう言われても、彼女はまっすぐすぎるので、適度に避けないと身が持たない。曾我野先生は確かに自分勝手だが、理沙子さんで相当に手がかかる気がする。

とはいえ、僕は曾我野先生と彼女との関係を正確に知っているわけではない。詳しく知りたいとも思わない。多分、彼女が望む答えをあげられはしないだろう。

「言ってよ」と、彼女が背中で言う。声には子供みたいな切実さがあった。長い髪がいくすじか汗で背中にはりついている。黒い血がつたっているように見えて、少しぞっとした。

「怒らないから」

「……」と、とある有名な作曲家の名をあげた。

「そうですね。よくあるというか、特にめずらしいことでもないんですよ。例えばるマネージャーの女性は愛人です。彼との間に息子もいます。けれど、彼は数々の女優や歌手と浮き名を流しているじゃないですか」

「彼はうちの雑誌がよくお世話になっている方なんですが、彼の事務所の管理をしてい

「ワイドショーは見ないわ」

「まあ、そうなんですよ。で、その恋人たちと逢うためのスケジュール調整も、別れた後の処理もマネージャーの彼女がしているんです」

「その人に奥様は?」

「もちろんいます。確か、お子さんも」

「頭がおかしい」

理沙子さんはこめかみを押さえて頭をふった。

「それでも、二十年近くずっとそれでうまくいっています。当人たちはいろいろあるの

かもしれませんが、少なくともはた目からはうまくいっているように見えます。まわりもなにも言いません」

「あなたはそれが普通だと言うの？　有名人はなにをしても許されると？」

「有名人に限らず、不倫はどこにでもあります。では、理沙子さんは、結婚したら相手以外は誰も見ず貞操を貫くのが普通だと思うんですか」

「法律的にはそうでしょう」

「あなただって法を犯しているじゃないですか。被害者は先生の奥様では？」

理沙子さんの足が止まる。しまった、と思う。追い詰めるつもりはなかったのに。

「そうね」と、彼女は乱れた髪をかきあげた。

「わたしも共犯よね」

「僕は別に非難しているわけではないですから。ただ、なにが普通かはその人次第だと思うだけです」

僕の声が届いているのか届いていないのか、理沙子さんは「あのひとといると渇くのよ」と呟いた。

「甘やかしてくれるけど、結局あのひとは気まぐれに自分の好きなようにしているだけで、わたしが本当に欲しいものはずっと与えてくれない。だから、どんどん渇きが強くなっていく。時々、頭がおかしくなりそうになるの。あのひとといるには、あのひとに

声がもれた。

　無関心になるしかないのよ。でも、それでも関係が成り立つのって妻だけよね」

　彼女の肌についた花の香が汗と混じって濃く重くなっていく。蝉の声が耳に障る。夏の、この匂いやら音やら烈しい太陽光やらで空気がいっぱいになる感じが嫌なんだよなあ、と思う。息苦しい――。

「先生と奥様の関係は知りません。ただ、今の状態がよくあることと思えないのなら、そこは理沙子さんにとって普通の場所ではないのですから、離れた方がいいですよ。不倫なんてしない人だってもちろんいるんですから」

「でも」と、彼女は唇を噛んだ。口紅をさしていないと幼く見える。

「悔しいのよ。わたしばっかり」

「ばっかり、の意味がよくわからなかった。自ら選んだことのはずだ。自分だけが悩むのが嫌なのだろうけれど、それは仕方がない。おそらく、曾我野先生にとっては何でもないことなのだ。気に入ったからそばに置いてみて、煩わしいと思ったら手を離す。それ以上でもそれ以下でもない。

「まずは状況を認めることだと思いますけど」

　理沙子さんがすがるような視線を向けてくる。「なにか冷たいもの飲みません?」と、店を探すふりをして目を合わせないようにする。ふいに、緑の壁が目に入り、「あ」と

「時計草」

思わず近付いていた。

真鍮の塀に青々とした蔦を絡ませて、コースターくらいの大きさの白い花がくっきりと咲いている。その名の通り、長針と短針に見える雄しべと雌しべをつきだした、丸く平たい時計のような花。青紫の副花冠が文字盤のようにぐるりと円を描いている。

「時計?」

「この花、ぜんまい仕掛けの時計みたいじゃないですか? 昔、日差し除けにベランダで育てていたことがあったんです。暑さに強いのでぐんぐん生長して上の階までいってしまって苦情がきたので止めてしまいましたけど」

懐かしい。僕にとっては夏の花は向日葵ではなく時計草だ。幾何学的な形をして、ずらりと同じ向きに咲く様を見ると、真夏の白昼夢の中にいるような気分になる。

「普通、日差し除けって胡瓜とかゴーヤを植えない?」

「そうですね。でも僕は花が好きなので」と、携帯電話で写真を撮る。

そういえば、理沙子さんは写真をやっていると曾我野先生が言っていたような気がする。でも、撮っているところを見たことはない。

「こういう人工的な花が好きなの?」

理沙子さんは腕を組んで花を見上げた。

緋奈にも、羽野さんの部屋は作りものみたい

な花ばかり、と言われたことがある。確かにそうかもしれない。
「ぱきっとした大ぶりの花の方が嬉しいんですよね」

「嬉しい?」

「咲いてくれたんだと、はっきりわかるので」

「咲いてくれた? 花が? あなたのために?」

理沙子さんの眉間に皺が寄る。この人のきりり・とした黒い眉は誰かを彷彿とさせる。

誰だろうと考えながら「まあ、そうですね」と、ゆるく頷く。

咲く時もいいけれど、模造品のような花が力尽きる時の寂しさも好きなのかもしれない。完璧に見えてもやはり花なんだな、とショックの中にかすかな安堵がにじみ、ますます愛着がわく。

理沙子さんは僕と花を見比べて、「おめでたいわね」と鼻で笑った。僕は彼女の悪態が嫌いではない。彼女は生意気な感じが板につく。うなだれたり自虐的になっていたりするよりずっといい。

伝えるか迷っていると、彼女が「わたし、あんまり植物って好きじゃないのよね」と呟いた。

「なんか怖いの。静かに侵食してくる感じがして。気付いたら伸びたり増えたりしているじゃない」

「前に毬みたいな花をもらったことがあって」

そこがいいんじゃないか、と思ったが黙っていた。

「ダリアかな」

「名前は知らないわ。血みたいな色をしていた。飾っていてもなかなか枯れないし、造花だったのかなと思って触ってみたのよ。そしたら、ばらばらって散ったの。一枚残らず。結んでいたものが、一瞬でほどけたみたいだったわ。散らばった花弁を見ていたら、うっすら怖くなってきたのよね。もう枯れていたのか、わたしが壊してしまったのかわからなかった。それから、苦手。この間、あなたが白い茸の話をした時も怖かった」

話しながら理沙子さんは歩きはじめた。車の行き交う音が聞こえてくる。通りにでよっとしているようだった。こうこうとしたライトに照らされた芝生を思いだす。その青みが映った彼女の表情。

そうか、と思った。この人は怖いと険しい顔をするのか。「すみません」と謝ったが、返事はなかった。

歩きながら、植物園で会った老人が言ったことを思いだした。死んでいるかのように見えても生きている。地表を苔が覆い尽くしていくように、死はじわじわとその触手を広げていくのだ。

きざしは目に見えないところに現れる。死んでいるかのように見えても生きている。逆に生の中でも死は確実にその触手を伸ばしている。地表を苔が覆い尽くしていくよう

けれど、感じられない人にとっては、ある日突然に崩壊したようにしか見えない。僕は声なきものに耳を澄ますことはできるのだろうか。

目を閉じてみた。頬骨にあたる熱で、ただ息苦しいだけだった日差しがさっきより傾いているのを感じた。

「喉、渇いた」と理沙子さんが言った。声にひそむ尖りがやわらいだような気がした。

汗をかいて、少しすっきりしたのかもしれない。

「モヒート飲みたいですね」

そう呟くと、「いいわね、それ」と、ふり返った。今日はじめての同意だと気付くと笑いがもれて、「なによ」と睨まれた。その顔を可愛く感じた。

上野の森を抜けて、目的地の古い洋食レストランの建物に着いた途端、夜空から歓声が降ってきた。屋上にあるというビアガーデン会場からだろう。

建物と逆の空を見上げる。ここからは見えないようだ。ポケットの中の携帯電話が震えて森田くんからメールがきた。

──花火はじまってますよー。

知っている、と思いながら建物に入る。飲み会の希望日を募ったものの、結局は隅田川の花火大会がある日になった。この屋上のビアガーデンからはよく見えるそうだ。

撮影が長引きそうだから行けないと断ったのだが、スカイツリーも見えますからとわけのわからないことを言われて数に入れられてしまった。

レトロなエレベーターに乗り、屋上に向かう。エレベーターの扉が開くと同時に喧騒が押し寄せてきた。人の多さにたじろぐ。サラリーマン風の人々が赤い顔をして、ビールを片手に大声で喋っている。いや、喋るというより怒鳴っている。相乗効果でどんどん声が大きくなるのだろう。酔った人々の隙間を店員たちが右往左往している。

夜空で花火がはじける時だけ、ざわめきは同調し膨れあがり、やがてばらばらと散らばっていく。

編集部のテーブルを探していると、酔っ払いの一群から眼鏡の小柄な子が走りでてきた。ミカミさんだった。ハンカチで口を押さえている。

僕に気付くと「あっ羽野さん」と駆け寄ってきて、ハンカチをあてたまま「テーブルあっちです」と案内しようとする。

「いいよ、いいよ。大丈夫、具合悪いの？ けっこう飲んだ？」

「いえ、ちょっと人に酔ったのかもしれません……」

うっと、えずいてストライプの眼鏡がずれる。

「すみません、やっぱりトイレ行ってきます。テーブルは右奥です」

「うん、ありがとう。一人で大丈夫？」

「はい、だいじょうぶです」と、ミカミさんは僕を安心させるようにハンカチを口元から離して笑うと、小走りで洗面所へ行ってしまった。

右奥を見ると、背の高い森田くんが立っているのが目に入った。彼も僕に気付き、手をふってくる。あんまりテンションが高かったら嫌だなあと思いながらテーブルに近付くと、思った以上に大人数だった。スポーツ雑誌や文芸の編集者といった違う階の人たちもちらほらいる。若い子たちが多い。

タナハシの編集部の契約社員の子が「羽野さーん、こっちどうぞー」と立ちあがる。女の子たちはビールではなく、薄赤い色をした透明なカクテルを飲んでいる。テーブルの上には枝豆やポテトやソーセージやピザの載った皿や、空いたグラスが乱雑に並んでいる。食べ物はどれも食い散らかされていて、あまり手をつける気にならなかった。

「それ、なに？」

「夏祭りカクテルです。西瓜の味ですよー」

とりあえずビールを頼んで、酔っていない女性を探す。視界の端に高津副編集長がやってくるのが見えた。飲み会にくるのはめずらしい。片手に携帯電話を持って、花火には目もくれず、人の群れをかきわけながらまっすぐこちらへ向かってくる。険しい顔で携帯電話の画面を見つめている。

仕事で何かあったのかもしれない。

「高津さん」と呼びかけると、目だけで応じて、早足で近付いてきた。僕のパイプ椅子の横にしゃがむ。

「羽野くん、ちょっときてもらっていい?」

「あの、その前にミカミさんが飲み過ぎたみたいで洗面所に行ってるんです。申し訳ないのですが、ちょっと様子を見てきていただけないですか?」

高津さんは思案するような表情を浮かべた。

「吐きそうでした」

「ミカミちゃんは飲まないはずだけど」

「そうでしたっけ」

高津さんはふうっと大きく息を吐いた。

「まあ、たぶん大丈夫。ああいう子は大丈夫よ」

「それってどういう……」

「ちょっとお願い」

いきなり腕を摑まれる。無理やり僕を立ちあがらせると、細いヒールで歩きだした。

「羽野くん、タナハシと同期よね。あの子の家わかる?」

「引っ越していなければ」

「悪いんだけど一緒にきてくれない」

「タナハシの家に？　今からですか？」

高津さんは答えず、鞄からカーディガンをだすとノースリーブのシャツワンピースの上にはおった。僕らの背後で花火がはじけて歓声があがった。誰にも止められなかった。

高津さんの、虫の翅のように薄いカーディガンが夜風に揺れていた。それを見つめながら、森を抜けた。広い道の両側で木々は黒々とした影になっている。コンクリートは昼間の熱を残していて、植物の青く生々しい呼気がむっと押し寄せてくる。夏の夜の匂いだ。

タクシーに乗り込むと、高津さんはやっと口をひらいた。

「タナハシと最近連絡とってる？」

「いいえ」と首をふる。「メールも返ってきません」

「私も。あの子、ずっと無断欠勤しているの。知ってた？」

「え」と、声がでてしまう。高津さんは窓ガラスを見つめている。濡れたような暗闇にネオンが流れていく。

「あの真面目なタナハシが、どうして」

「わからない。さっき電話がかかってきたのよ。すぐに切れてしまったけれど」

「なんて言ってたんです」

「よく聞き取れなかったけれど、様子がおかしかったわ」

嘘をついている気がした。タナハシが家にいるという確証がなくては僕を連れていく

はずがない。何か話したはずだ。

高津さんはそれ以上話そうとしない。ずっと外を見つめている。ふと、彼女が誰とも

口をきかず、飲み会の代金すら払わず、会場を出たことに気付く。いつも沈着冷静な高

津さんにこんなことはまずない。

タクシーがタナハシのマンションの最寄り駅を通り過ぎた。入社したばかりの頃、酔

っぱらったタナハシを送っていったり、みんなでタナハシの部屋で朝まで飲んだりした

ことがある。酔うとソフトクリームを食べたがるタナハシが、いつも千鳥足で入ってい

ったコンビニが見えてきた。

その時、後ろから救急車のサイレンが聞こえてきた。タクシーが道の脇に避ける。救

急車が横を走り抜けていく。心臓がばくんばくんと音をたてる。空腹もあいまって吐き

気が込みあげてくる。まさか。

記憶を頼りに運転手さんに指示をだし、狭い道をうろうろしていると高津さんが「降

りましょう」と言った。

「前は歩きだったんなら、そっちの方が間違いがないわ」

高津さんの言う通り、身体の方がよく覚えていて、すぐに見覚えのある路地に入った。

曲がると、赤い点滅が目に入った。マンションの前に救急車が停まっている。じわりと

掌に汗がにじむ。嫌な予感がした。

「何階？」

心なしか高津さんの声が急いている。

「五階です、確か」

エントランスのドアは開きっぱなしだった。エレベーターが五階で停まったまま動く気配がないので、階段を使う。高津さんは女性とは思えない速さで、ヒールを鳴らして上っていく。

五階の廊下にでると、すぐ目の前に救急隊員たちがいた。隊員たちの中央にストレッチャーがあり、女性のものと思しき腕がだらりと下がっている。タナハシの部屋は階段から三つ目だった。そのドアが開いていた。ああ、と思う。悪い予感が的中したというのに、急激に心が静まっていく。

高津さんと目が合った。僕が頷くと、高津さんは小さく息を吐いた。それから、まっすぐにストレッチャーの方へ歩いていった。

「お知り合いの方ですか」

高津さんがストレッチャーを覗き込む。一瞬、彼女が目を閉じたのが見えた。けれど、すぐに顔をあげる。

「はい、そうです。彼女の職場の者です。連絡をもらいました」

「一緒にきていただけますか」

　高津さんの「はい」と言う声を遠くに聞いた。編集部で聞くはきはきとした声と変わりがなかった。何があったのか、タナハシの容体が心配だった。けれど、僕にはタナハシの顔を見る勇気はなかった。ストレッチャーから下がった、見慣れたはずのタナハシの腕が、違う人のものに見えた。ふらふらとタナハシの部屋に近付く。

　あちこちの部屋から住人が顔を覗かせている。皆一人で、声をかけてくる者はいない。僕が顔をあげると、隣の部屋の女性が目を逸らして中に引っ込んでしまった。まるで貝かカタツムリのような動物めいた素早さだった。

　タナハシの部屋の前に女性ものの靴が散らばっていた。中から、おかしな匂いがした。蒸れたような、酸っぱいような。嗅いだことがある、と思った瞬間、長い間身体を洗っていない人間の臭いだと気付いた。警戒心が背中をぞわぞわと這っていく。人間性を投げ捨ててしまったような臭い。

　近付くなと頭が叫んでいるのに、引き寄せられるように勝手に足が動く。救急隊員と高津さんの声がどんどん遠くなっていく。玄関には靴が溢れ、廊下はものが山積みだった。部屋の中は足の踏み場もなかった。脱ぎ捨てられた服や鞄、あちこちで箱や紙袋が潰れてビニール袋に入ったゴミや雑誌、あちこちで箱や紙袋が潰れている。廊下の奥の部屋はあふれかえるもので陰になっていて、よく見えない。ぶんぶん

と蠅のうなりが聞こえる。

　恐怖なのか畏怖なのかわからないもので頭が痺れたようになった。人が住める部屋じゃない。ここに籠っていたとしたら常軌を逸しているとしか思えない。本当にタナハシの部屋なのだろうか。そして、これは、僕が見てしまっていいものなのか。

「羽野くん!」

　廊下から高津さんの声が聞こえた。

　なぜか、さっき見た花火が頭の中で蘇った。色鮮やかな光がはじけて、一気にまわりの音が戻ってきた。

「羽野! 行くわよ!」

　高津さんがまた叫ぶ。呼び捨てにされて、やっと身体が反応した。

　後ずさりすると、目の端に見覚えのあるものがよぎった気がした。

　靴箱の上に、飲みかけのペットボトルやらアクセサリーやら未開封の郵便物やらがごちゃごちゃと載っている。

　その中に丸いものが転がっていた。すっかり干涸びて茶色に変色している。

　僕がタナハシにあげた苔玉だった。

6

救急外来のベンチから、ぬるりとした光沢の白い床を見つめる。

こういう、変に柔らかい素材ってなんというのだったっけ。こんな床を見ると、小さい頃に総合病院で転んだ感触がいつも蘇る。ぴたん、と濡れ雑巾を叩きつけたみたいな音がした。あの日は異国に引っ越すために、家族で検査や予防注射を受けに行っていた。痛くもないのに、僕は大きな声で泣いた。「注射でも泣かなかったのに変な子ね」と、母親は疲れた顔で僕を見下ろしていた。

あの時、僕はどうして泣いたのだろう。打ち身も怪我もすることのない柔らかい床に座り込んで、僕はめずらしく激しく泣いた。けれど、大声をあげながらも薄くひらいた目の端で周囲を窺っていた。父親は先に行ってしまっていて、母親はそばにいたが助け起こしてはくれなかった。不服そうな気配を覚えているので、母親は僕に責められているように感じたのだろう。

確かに、僕は腹をたてていた気がする。いきなり聞いたこともない国名を告げられて、転校することになり、ろくに心構えもできないままに病院に連れていかれて血を抜かれたり尻をまくられて注射針を刺されたりして、それに一切の説明はなかった。

膨れあがった不満や不安が、転んだことでぷちりと弾けてしまったのかもしれない。

父親が戻ってきて、途方に暮れた母親と病院の床で泣き続ける僕を見比べて「なにをやっているんだ」と言った。どちらも答えられなかった。父親は「泣いても仕方ないだろう」と、首を傾げながら僕の腕を取った。

仕方ない。小学校低学年で、僕はその言葉を身体で覚えた。その言葉は異国でも帰国した後でも役にたち、いまも便利な言葉だな、と思う。仕方ない、でたいていのことはやり過ごせる。

きゅっとゴムのおもちゃのような音がして、クロックスのサンダルをはいた若い医師が目の前を通り過ぎていく。白衣の尻の辺りがしわくちゃで、眠そうな顔をしていた。

白い服、白い壁、白い床が、真夜中のしらじらとした灯りに照らされて自ら光を放っているように見える。まぶたを閉じても、白い。

ここに来る前に見たタナハシの部屋が夢だったように思える。すべてが白く清められたこの空間とは真逆の部屋だった。足元も見えないくらい積み重なった衣類や日用品や膨らんだゴミ袋、ものが腐って朽ちていく臭い、わんわんと唸る蠅、蒸れた酸っぱい空

気が層になってただよっていた。それらの底にうっすらとタナハシの匂いを感じとって

しまった瞬間、見てしまったことにものすごい罪悪感がわきあがった。

あの部屋には生々しい死と腐敗の気配があった。僕は久々にその気配に触れた。不思

議だと思う。この病院の方がずっと死はあるだろうに感じない。

白いカーテンが揺れて、診察室から高津さんが出てきた。僕を見て、一瞬だけ足を止

めたが、すぐについと横を向き夜間窓口の方へ行ってしまった。

新しい患者がストレッチャーで運び込まれ、急に救急室の中が活気づく。僕らがきた

時から前のベンチに腰かけていたおじいさんが貧乏ゆすりをはじめた。

高津さんが携帯電話と長財布を片手に戻ってくる。

「熱中症みたいよ。いま点滴をしているわ」

「熱中症？」

「ええ、閉めきった室内の方がかかりやすいのよ」

「それは知っていますけど……」

本当にそんなありふれた病名で説明がつくような事態なのだろうか。あの禍々しい部

屋がまた頭をよぎった。

高津さんが身を投げだすようにして僕の横に座る。ベンチが軋む。背もたれに身体を

あずけて天井を仰ぎ、長く息を吐いた。いつも背筋を伸ばしている高津さんらしくない。

疲れたのか、ほっとしたのか、どちらにしても僕にできることはなさそうだった。が、

立ちあがることができない。

高津さんが横目で僕を見た。

「タナハシの顔、見たい?」

「え、いえ」

慌てて首を横にふる。高津さんは、それがいい、と言うように小さく頷いた。

「彼女もあまり会いたくなさそうだったわ。まあ、脱水症状がひどくて、まだ朦朧とし

ているけど。詳しい検査はこれからみたい。おそらく身体の方は大丈夫だと思うわ」

「身体の方?」

「心の方がね」と、高津さんはこめかみを揉んだ。

「きっと、少し病んでしまったのね。部屋、見たでしょ」

思わず目を逸らしてしまう。

「でられなくなっていたみたい、ずっとね」

「どうして」

「はじけちゃったんでしょう」

「はじけた」

「時々いるのよ。ぷつん、とある日、突然に駄目になってしまう人が。真面目で、頑張

り屋で、なんでも完璧にこなさなくてはいけないと思い込んでしまうタイプの子が多い気がする」

「タナハシが?」

「ファッション誌の方に行ってから、自分に妙に負荷をかけていた感じはあったから心配ではあったの。お洒落で、仕事もできて、休日は習い事をして、雑誌に載せているような都会的なライフスタイルを、提案する以上はできなきゃいけないと思ったのかもしれないわ。婚活にもずいぶん精をだしていたみたいだし」

ぎくりとする。高津さんがちらっと視線をよこして「まあ、男性の羽野くんにはわからないかもしれないけど、女性特有の焦りみたいなものが人生と絡んでくる時期もあるのよ」と軽くにごす。何か勘違いさせてしまった気がして居心地が悪くなる。そもそも、どうして僕はここにいるのだろう。タナハシに呼ばれたわけでもないのに、こんなことを知ってしまっていいのだろうか。

「でもね、きっと、はじけたきっかけはささいなことよ。着ていくつもりだった服にコーヒーをこぼしたとか、ゴミをだす日を間違えたとか、リキッドファンデーションの瓶を落としてカーペットにまき散らしたとか。他人から見たら呆れるくらいの、ほんの小さなこと。けれど、それで電車を逃して会議だか撮影だかに間に合わなくなって、一日の予定が計画と違うものになる。すると、もう駄目だ、と動けなくなる。そのまま一日

が過ぎてしまう。メールも見られない、電話もでられない、人の目が怖くなる。ネガティブな想像力に潰されて、ますます動けなくなる。そして、ドミノ倒しみたいにすべての歯車が狂っていく」

抑揚のない声で、高津さんは堰を切ったように喋った。もともと、こんなに口数の多い人ではない。落ち着いて見えて、彼女も緊張していたのかもしれない。

「実際、あの編集部は忙しいじゃないですか。社員一人の負担が大きすぎるのではないですかね」

高津さんはふうっと息を吐き、ハンドバッグに手を伸ばしかけて止めた。煙草でも探したのだろう。

「そうね、でも、タナハシが休んでいても雑誌が発行されないことなんてないし、契約の子たちは飲み会にもきていたでしょう。なんとかなるのよ。会社ってそういうものだから。ただ、そう思えなくなったから、でてこられなくなったんでしょうね、タナハシは」

背筋を伸ばすと、僕の方に顔を向けた。

「まあ、大丈夫よ。病名をつけてもらって、診断書をだして、ぜんぶ病気のせいにしてしまえばいいのよ。しばらく休めば戻るわ」

安心させようとして微笑みかけてくれたのだろうが、目の下のくまが濃い。わかりま

けていく。

　突然、高津さんが吹きだした。そぐわない乾いた笑い声が白い無機質な空間を短く抜

がやっと呼ばれ、うんざりした顔で診察室に消えていった。

けれど、僕は立ちあがらなかった。しばらく沈黙が流れる。前のベンチのおじいさん

んが僕にそうしてもらいたがっているのも伝わってきた。

した、じゃあ、僕はそろそろ。そう言って立ちあがればいいのはわかっていた。高津さ

「あら、あなたたち付き合っていたの」

「三十五歳になったら結婚しようよ、と言われたんですよ」

　高津さんは怪訝な顔をしている。うまく伝わらない。

「ひどいというか、僕が空気を読めなかったせいで傷つけてしまった気がします」

「ひどいこと?」

「前に、彼女にひどいことを言ってしまったんですよ」

　タナハシの顔も見にいけないくせに、と言われた気がして耳が熱くなる。

けど。どうして帰らないの?」

「羽野くんは面倒事や他人のプライバシーには首を突っ込まないタイプかと思っていた

　意味がつかめなくて、なんと言えばいいか迷う。

「意外だわ」

「そんなんじゃないです、まったく。だから、冗談なのか、なんなのかわからなくて
……」

いえ、と手をふる。

あー、と高津さんは低い声で僕をさえぎった。興味を失ったように携帯電話を触りは
じめる。

「いや、でも、いろいろ悩んでいたのなら悪いことをしてしまったかもしれません。も
っとましな返しが……」

「ないわよ」

「はい？」

高津さんは携帯電話を見つめたままだ。画面をすべる爪先はターコイズブルーの石で
ひかえめに飾られている。

「そういう時、男は必ず間違えるから。ましな返しなんて、ないわ」

「必ず、ですか」

つい声がかたくなってしまって、高津さんが顔をあげた。薄く笑っている。

「だって、女がどうしてそんなことを言うかわからないでしょう」

わからなかった。あの時も今もわからない。優しい嘘でも、不確かな約束でもないの。その瞬間

「欲しいのは気のきいた返事でも、

の自分をわかってもらいたいだけよ。共感なの。でも、他人が他人を丸ごとわかってあげることなんてできないじゃない、性別が違うんだったらなおさら。だから、そんなの他人に求めることなんてできないじゃない。悪いことに、きっとタナハシ自身も自分の求めているものに気付いていない気がするの。ちょっと肯定してもらいたくて口にして、後ですごく後悔したはずよ。ほんと馬鹿ねえ」

僕が黙っていると、「あの子のことよ」と迷い子を憐れむような目をした。

「安心なさい。こうなったのは、あなたのせいではないから」

「そういうつもりでは……」

責任を感じていたわけではない。僕のせいではないと言ってもらいたくて打ち明け話をしたと思われたくはなかったが、そう言うのもわざとらしい気がした。

「たとえあなたが恋人だったとしても」

高津さんが診察室の方を見ながら言った。

「きっと彼女を支えることなんかできなかった」

染みひとつない白い天井を見上げる。植物園で老人が言ったことを思いだす。きざし、と彼は言った。そう、僕はタナハシの崩壊のきざしに気付いてやれなかった。

「まあ」と高津さんがふりききるような声をだした。

「本当に好きな相手にはそんな無茶なこと言わないから、気にしなくていいの」

小さく笑ってカーディガンをはおる。タナハシの両親は関西なので病院に着くのは朝

になるそうだ。入院手続きは私がするからと言われたので、僕は立ちあがった。帰る前

に飲み物でも買ってきましょうか、と訊ねたが、高津さんはまったく違うことを口にした。

「タナハシと羽野くんって同期よね。同じ歳？」

「はい、そのはずです」

「あなたたちの世代って」

高津さんは首をかすかに傾けながら僕を見た。

「自意識過剰とばかり思っていたけど、あんがい生真面目なのね」

「どうなんでしょう」と、僕は答えた。それ以外に何も浮かばなかった。

「そういえば、それなに？」

僕の手の中の干からびた茶色い塊に、やっと気付いた風に目をやる。

「苔玉です」

「タナハシの？」

頷く。僕があげたものだということは黙っていた。

「水をやってなかったのね……」

「そうですね……あと、苔も光が必要なんです」

あの部屋には一筋の光もなかった。

「生き返るかもしれないので持って帰ります」

そう、と高津さんは口の動きだけで言った。

「あまり考えすぎないようにね」

今夜は助かったわ、と言う高津さんに一礼をして、がらんとした総合待合を抜けて出口に向かう。白い光に疲れた目に、暗がりの非常灯の緑が心地よかった。考えすぎないようにするって、どうしたらいいのだろう、と考えながら歩いた。考えてしまう人はどうしたって考えてしまう。そんなこと高津さんだって知っているだろう。言ってもどうにもならないことを人は人に伝える。まるで祈るように。

知らなかったんだな、と自分に言い聞かせるように心の中で呟く。

短くはないつき合いだったけど、僕はタナハシのことを知らなかった。ほんの表面しか。あの理解を超える部屋を見て、タナハシの本性を覗いてしまったような気がしたが、それもきっと違うのだろう。あそこで何を思って過ごし、どうしてでられなくなってしまったのか、僕も、高津さんも、これからやってくるタナハシの両親も、きっと誰も知りえない。

病院を出ると、ぬるい夜気が肌を包んだ。ふいに性欲めいたものがわきあがり、花が見たくなった。夏の夜に咲く香りの強い花を。

僕の部屋では、いまチュベローズが盛りだ。月下香という別名の通り、夜が深まるに

つれ香りが強くなる白い花。夏の夜の空気を感じると、官能的なチュベローズの香りを思いだしてしまう。暗闇でほのかに光る白い花びらを想うと鳥肌がたった。夜に咲く花は、花火よりずっと美しい。

ため息がもれた。生い茂る葉の影で縁取られたあの部屋に早く帰りたい。

裏門の脇で黒いタクシーが夜闇に沈むようにして停まっている。足早に近付き、窓ガラスを軽くノックしてドアを開けてもらう。

今夜はエアコンをつけずに眠ろうと思った。むせかえる甘い香りと植物の呼気に包まれて、何も考えられなくなるような息苦しい夜を身体がひたすらに求めていた。

まっさきに高津さんに連絡をしたタナハシのことは正しかった。

おかしな噂も具体的な情報も広まることはなく、タナハシはいつの間にか病気休養中ということになり、机には営業部にいた新人の女の子が座っていた。無事復帰したら異動になるよう上と話はついているから、と廊下ですれ違った時に高津さんは僕に耳打ちした。

日々の些事に追われるうちにタナハシのことは薄れていった。深夜にコーヒーを買いに社員食堂脇の自動販売機に行くと、壁にもたれて「おー」と手をあげる仕草を時々思いだすくらいだった。代わりに高津さんとは隣の席になったこともあり、よく言葉を交

わすようになった。

夏が終わる頃、ミカミさんの妊娠が発覚した。相手は森田くんで、二人は夏の間に入籍したそうだ。二人して休みを取っていたのに誰も気がつかなかった。

報告を受けた大久保編集長は実の娘が嫁にいったかのように落ち込み、森田くんはみんなからますますからかわれるようになった。ミカミさんはいつもと変わらずにこにこ笑っていた。

僕は森田くんをトイレでつかまえると、マリのことを訊いた。「あーぜんぜん」と森田くんはへらへらした顔で笑った。

「そもそもそういうんじゃないですし、もうなんか連絡とれないし。ああいう子たちって、いつの間にかいなくなってません?」

森田くんの言う通り、自分もまったく連絡をとっていないことに気付いた。雑誌や撮影先でももうマリの姿は見かけない。似たような華やかな女の子たちはたくさんいるけれど。

「ミカミはちゃんとぜんぶ知ってますし、でもなんも言わないんですよ。それに、今は親戚の挨拶とか式場の準備とかやることいっぱいで、他に目いきませんから心配しないでください」

きちんとアイロンがけされたハンカチをポケットから引っ張りだしながら「もう財布

も握られちゃってますからね、俺」と、森田くんは嬉しそうに言った。「幸せだね」と頷くと、「本当に思ってますか」と軽くこづかれた。

席に戻ると、ミカミさんが郵便物を持ってきてくれた。そんなはずはないのに、森田くんとの会話が筒抜けな気がして落ち着かない。

「ほんとに森田くんでいいの？」

ふざけて言うと、「編集長には羽野さん狙いだと思っていたよって言われました」と人差し指を唇の前にたてながら笑う。

「残念だなあ」

「でも、羽野さんは自分でなんでもできるじゃないですか」

「ああ、そういう点だったら森田くんだよね」

ミカミさんは否定も肯定もせず笑っている。お母さんっぽいもんなあ、と思う。ふと、飲み会の帰りに一度だけ見た、泣きそうな顔を思いだす。真っ赤な鼻のまわりで白い息が揺れていた。

「そういえば、猫はどうするの。なんだっけ、和菓子みたいな名前の……」

「そう」

「きなこですか？」

「そう」

「いま、ちょうど入院中です」

ミカミさんは笑顔を崩さず言った。

「病気?」

「いえ、爪を取ったんです。本当は日帰りでもできる手術なんですが、森田さんの知り合いの病院だったので甘えさせていただいて、抜糸まで預かってもらっているんです。ちょっと今は引っ越しなんかもあって慌ただしいので……」

ミカミさんの声がどんどん小さくなっていく。

「爪を取るって、もう生えてこないの?」

「はい、赤ちゃんを傷つけちゃったらよくないって、向こうの両親に猫を反対されてしまったんです。調べたら海外では爪を取る手術はけっこうよくされているみたいで。デイクローというんですけど、まあ……賛否両論あるんですが……」

ミカミさんは口をきゅっと結んだ。

「でも、一緒にいたいから。その方がきなこにとっても、私たちにとっても幸せです」

異国のホテルの中庭で飼われていたワニがよぎる。あの巨大なワニたちも牙を抜かれていたのだろうか。いや、そんなはずはない。大きな肉の塊を与えられていた。野生動物が牙や爪を失って生きていけるはずはない。

不自然じゃないかな、と言いかけて呑み込む。じゃあ、なにが自然だっていうのだ。

僕の植物たちだってうまく鉢におさまるように形を整えている。

ミカミさんが足元を見つめながら言った。そう思おうとしているみたいに見えた。き
「鼠をとるわけでもないですし、必要ないですよね」
っと何度も何度も自分に言い聞かせてきたような気がした。これが、きなこにとっても
自分にとっても最上の選択なのだと。けれど、すぐに退院させないのは、包帯のまかれ
た脚を見たくないせいもあるんじゃないだろうか。

幸せはもしかしたらすごく不自然なことなのかもしれない。

そんなことを思ったが、もちろん口にはださなかった。誰かがミカミさんを呼び、逃
げるように去っていく彼女を目で追った。そういう目で見てはいけないと思うのだが、
ついつい視線がお腹にいく。四ヶ月だと言ったが、体型はちっとも変わらず、相変わら
ず大学生みたいな格好がよく似合っていた。

「でも、ああ見えて、ミカミちゃんって森田より年上なのよね」と、前の席の女性たち
が小声で言い合う声が聞こえてきた。別に森田くんを狙っていたわけでもないのに、
「うまくやられちゃった」「なんだかんだ森田エリートだもんね」「あー結婚いいなあ。
いつまで働かなきゃいけないんだろ」と、もらいものの菓子をまわしながらぼやく。女
性の多い職場では、誰かが結婚すると伝染病のように結婚願望が蔓延する。
隣の席の高津さんをうかがう。彼女はそういう熱病にはかからない。ミカミさんの身

体を気遣いながらも、通常と同じペースで仕事を進めている。とはいえ、何も感じないわけではないようで、僕と目が合うと「ほら、言ったでしょう」と微笑みかけてきた。

「え」

「ああいう子は大丈夫って」

そう言われて、屋上のビアガーデンでトイレに入っていくミカミさんの後ろ姿を思いだした。あの時から気付いていたのか。以前、高津さんはミカミさんのことを、一見弱々しくみえてあんがいちゃっかりしている、と言っていたことがある。そうなのだろうか。そんな気もするし、違うような気もした。

「タナハシもあれくらいうまくやれたら良かったのに」

遠い目をして高津さんは言った。

「タナハシは本当に結婚したかったんですかね」

「さあ」と、高津さんはモニターを見つめて目を細め、老眼鏡をかけた。

「でも、あの子は結婚に向いていると思うわ。自分を殺すことを愛や喜びと思えるタイプだから」

何と答えたらいいかわからず黙っていると、キーボードを叩きながら「私、昔していたの、結婚」と低い声で言った。

「でも、どうしても自分が一番大事で。向いてなかったのよね。離婚した時に友人に言われたの。あんたは自分を殺すことを愛や喜びと思えないから駄目だったのよって」

「それはずいぶん偏った価値観だと思いますけど」

「そうかもね」

呟くのと同時に近くのプリンターが動きだした。

「でも、忘れられないってことは、痛いところはついていたのよ」

プリンターの音に気付いてこちらに走ってこようとするミカミさんを手で制すと、高津さんはプリントした書類を自分で取りにいった。

「会議に行ってきます」と、ホワイトボードに行き先を書き込む。

「別れた旦那さんって」

高津さんがふり返る。

「もしかして京都に住んでいますか?」

一瞬だけ、あどけない表情になった。けれど、すぐに高津さんは綺麗に微笑むと、

「今はいい関係。私が思っているだけかもしれないけれどね」

きびすを返すと、高津さんはヒールを鳴らして歩いていった。その高い音は心なしか弾んで聞こえた。取材後に京都駅で解散した時のように。

幸せなんですね。そう思ったけれど、やはり言葉にはしなかった。

「羽野くん、ちょっと」という大久保編集長の声に、嫌なものを感じた。

編集部の全員の残業が決定して、ちょうどミカミさんが出前の注文をまとめている時だった。「あー、羽野くんはちょっと保留で」と勝手に決めて、わざわざ廊下まで呼び出す。

僕は半分ほど赤をいれた文字校正刷りを机に置いて、しぶしぶ立ちあがった。携帯電話を耳と肩で挟んだ森田くんが後ろを走り抜け、僕の椅子にぶつかり、その椅子が僕を押して紙が散らばる。必死にジェスチャーで謝る森田くんを追い払い、かがんで紙を拾っていると、大久保編集長がまた「羽野くん」と廊下から呼んだ。

なんなんだ、一体。きっとろくでもない用事だ。ああ、でもこういう時こそ焦ったり苛ついたりしては駄目だ。わざとゆっくり歩きながら、折り返していたシャツの袖を戻してボタンを留める。深く息を吸う。

「なにかありましたか」

廊下に出ると、大久保編集長は隣の編集部をうかがいながら早口で言った。隣は比較的のんびりして見える。

「あのね、曾我野先生のところに行ってきてもらえないかな」

「いまからですか？」

「うん、さっき電話があってね」

担当者は僕なのにどうして編集長に電話をするのだろう。次の打ち合わせの日時については二日前にやりとりをしたはずだった。理沙子さんを通してではあったが、それはいつものことだった。

「僕、なにか失礼をしましたかね」

「いや、わからない。とにかく羽野くんにすぐきて欲しい、ということだった。ほら、ああいう人だからさ。行ったら行ったで気が変わったとか言うかもしれないし、行くだけ行ってみてもらえないかな」

「でも、これからスタジオ撮影もありますし……」

「私がついておくから。なにかあったら電話するよ」

「帰れなくなりますよ」

「いい、いい」

大久保編集長は僕をエレベーターの方へ誘導しようとする。「ちょっと、わかりました。わかりましたから鞄くらい取りにいかせてください」と声をだすと、恥ずかしそうに肩を縮めた。曾我野先生はどれほどの剣幕で電話をかけてきたのだろうか。

曾我野先生は確かに気分屋だが、噂ほど気難しくはない。ただ、機嫌がいい時でも口

調はけっこう荒い。大久保編集長は怒ったところを見たことがないくらい柔和な人なので、過剰に捉えているような気がした。電話をかけなおそうかとも思ったが、ここは大久保編集長の顔をたてることにして、ノートパソコンを鞄に入れると会社を出た。

外はもう暗かった。タクシーの運転手に行き先を告げると、途端に身体が重くなった。パソコンを見続けて熱をもった目を窓ガラスにくっつける。ひんやりとして気持ちがいい。足を伸ばして、目頭と首の後ろを揉む。伸びすぎた爪が食い込んで少し痛い。十二月号は毎年恒例の贈り物特集号で、今年は国別のブランド小冊子をつけることになり、いつも以上に忙しかった。このところ連日終電帰りが続いている。家のことがまともにできていない。

目を閉じてぼうっとしていると、昨日の昼間にイラストレーターと打ち合わせしたカフェの軒下に咲いていた花が浮かんだ。紫と白の、指先ほどの小さな花々が寄り集まっていた。輪郭はおぼつかなく、綿あめや雲のように見える。優しげで可憐な花だった。背の低い小花に惹かれることは滅多にない。

疲れているのかもしれない。

あれは、なんという花だっただろう。淡い夢のような名だった覚えがあるのだけど。

頭の中で、シュッと霧吹きをかけるように花が咲いていく。紫、白、紫、白。柔らかい色が広がっていく。

植物たちもどことなく不満げで落ち着かない。

「お客さん」

気がつくと、タクシーは停まっていた。　振動に身をまかせているうちに眠ってしまったようだ。

「ここからどう行けばいいですかね」

「あ、その道をまっすぐ進んでください」

見通しの良い閑静な道をタクシーはのろのろと進む。腰のきりりとひき締まったポインターを連れたジョギング姿の女性とすれ違う。ひとつに結んだ長い黒髪に、理沙子さんかと一瞬思うが、ひとまわりは年上の女性だった。何回か来ているけれど、この辺りで肥満体型の住人を見たことがない。皆一様にスリムでお洒落で、後ろから見ただけでは年齢がほとんどわからない。そして、人間と同じように、ペットも家も庭も手入れの行き届いていないものが見当たらない。

白いレゴブロックのような建物が見えてきた。「ここでいいです」と手前で降りる。歩くと少し汗ばんだ。かすかに湿度が高くなっている気がした。もうすぐ十月だというのに空気が妙に生ぬるい。

曾我野先生の事務所兼自宅は、地面に埋め込まれたライトに照らされて暗闇に浮かびあがっていた。前面が白塗りのガレージなので軍の基地のように見える。それを言ったら曾我野先生は喜び理沙子さんは顔をしかめるだろうな、と思いながら、横にまわって

インターホンを押した。

「開いている」と、すぐにぶっきらぼうな声が返ってくる。曾我野先生がでるのはめずらしい。ガレージの中に敷きつめられた芝生はいつ来ても青々と濡れている。鮮烈な緑に目を奪われながら、白い砂利道を進む。ガラス張りの建物は夜に見ると、黒い鏡できているようで威圧感があった。

入ってすぐに、人影と目が合って足が止まる。バーカウンター前のだだっぴろいテーブルに曾我野先生が腰かけていた。片手にビールの缶を持っている。いつもはアシスタントや弟子がうろうろしているのに誰もおらず、室内はめずらしく静まり返っている。奥にある壁本棚や事務机やパソコンが並んでいるエリアが薄暗い。

「いやあ、悪かったな」

僕が何か言う前に、曾我野先生が口をひらいた。

「なにか飲むか?」と、バーカウンターを見る。そんなこと一度も言われたことがない。おまけにいつもよれよれのTシャツやトレーナーやカバーオールしか着ていない先生が、今日はジャケットなんかはおっている。

「どこかお出かけですか?」

「あ、ああ、そうだな」

なぜか目が泳いでいる。

「そうそう、でかけなきゃいけないんだよ」

いきなり僕をまっすぐに見た。

「君、理沙子と仲良かったよな」

「ええと、まあ」

曖昧に答える。断定的な質問の意図が摑めず、身体が緊張でこわばる。曾我野先生はお構いなしに続ける。

「実は、今夜はどうしてもでかけなきゃいけなくてさ、彼女、上で横になっているんだよ。病院から帰ってきたばかりでな。で、申し訳ないんだが、ちょっと今晩頼まれてやってくれないか」

「頼まれる、とは……」

「一晩ついていてやって欲しいんだよ。すまないが、この通りだ」

テーブルから降りて深々と頭を下げる。雑に束ねられた蓬髪の白髪の割合が増しているように感じた。

「え、ちょっと、そんな困りますよ」

どうして僕が、と言いかけて、なぜ理沙子さんは自分で連絡してこなかったのだろうと思う。いつもは彼女が電話をかけてくる。先生は黙ったままだ。ふっと不安になる。

「そんなにお悪いんですか?」

曾我野先生は顔をあげると、口をへの字にして絞りだすような声で言った。

「手首を切った」

心臓がはねた。うまく声がでなかった。室内が静かすぎて自分の鼓動がうるさい。

「いまは薬で落ち着いている。悪いが、頼む」

また頭を下げた。思っていたより小柄な人なのだと気付いた。そうだ、僕の父親と歳はそう違わないはずだ。どんどん歳をとり、会う度に縮んでいく両親と変わらない。

そう思った瞬間、怒りが込みあげた。

管理できないなら、不倫なんかするな。

なんでだろう。なんで、理沙子さんはこんな薄汚い老人のために手首なんか切ったのか。切る必要なんかない。こんな、ただのありふれた卑怯な人間相手に、そこまで——。

けれど、僕の口からもれたのは「わかりました」という穏やかな声だった。「まああ高くつきますよ」と、薄く笑ったりなんかしている。いつもそうだ。憤ると、次の瞬間には反動のように冷静になる。

ここで僕が怒る理由はなんだ？ 権利はあるか？ そんな問いが浮かび、ないな、と判断する。応じるしかないとわかって呼んでいるのだから、なんでもない顔をして乗るのが僕の役目なのだろう。

曾我野先生はあからさまにほっとした顔をした。悪戯を咎められないとわかった子供

のような無邪気さだった。わかりやすい。こういうところが人たらしの所以なのかもしれない、と妙に冷めきった頭で思う。

外でクラクションが響いた。ゆったりと一度、二度と間隔をあけて。

「じゃあ、すまんな。鰻でも寿司でもなんでもとってくれていいから。なにかあったら連絡をくれ」

ジャケットの襟をわざとらしく正すと、いそいそと出ていく。曾我野先生は一度もふり返らなかった。

車の音が遠ざかり、静けさが戻ると、空気が重くなった気がした。

とりあえず、と息を吸う。テーブルに鞄を置いて、ノートパソコンを取りだした。仕事でもするしかない。

「ちょっと」

突然、吹き抜けの天井に、女の声が響いて飛びあがりそうになる。けだるく湿った声だった。

部屋の中央にそびえたつ螺旋階段を見上げると、光沢のある布が揺れた。

「あのひと、行ったの」

理沙子さんだった。手すりの間から素足が見える。薄いベージュのガウンをまとっていた。腰から紐がだらりと垂れている。

「いまさっきです」

僕の返事にふっと鼻で笑う。　音がやけに響いて降ってくる。　吐息までも聞こえそうに思えた。

「喉が渇いたの」

当たり前のようにそう呟くと、ひたひたと裸足で去っていく。

理沙子さんの姿が見えなくなると、ため息がもれた。「起きて大丈夫なんですか」とか「なにか欲しいものはないですか」とか、もっと気の利いたことが言えただろうに何も浮かばなかった。　心臓がひたすら脈打っている。

息を吐く。　もう、こうなったら仕方がない。　やれるだけのことをしよう。

バーカウンターの後ろの冷蔵庫を開けて、細かな泡の浮かぶ透明なガラス瓶を手に取る。　炭酸水は苦手だったが、それしかなかったので二本取りだす。　葡萄が入っていたので、それとカウンターの上の木のボウルから無花果を選び、お盆に載せて螺旋階段へ向かった。

二階にはあがったことがなかった。　迷った末に靴を脱いで階段をのぼった。

左右に二つずつ白いドアが並んでいる。　左奥の部屋のドアが薄くひらいていて、淡いオレンジ色の灯りがもれていた。

両手が塞がっていて、ノックができないので　「失礼します」　と声をかけ入る。

ここも天井が高かった。傾斜した天井には天窓がついていて、その下の大きな正方形のベッドに理沙子さんがいた。壁にたてかけた枕にもたれかかっている。部屋の壁は真っ白だが、床すれすれの場所に細長い小窓がある。

「どうぞ」とお盆をサイドテーブルに置いて、炭酸水の封を切りグラスにそそぐ。特に指示もなかったので、そばのオットマンつきの一人がけソファに腰かける。さすがに足はのせない。

理沙子さんは泡のような声で「ありがとう」とささやくと、グラスに口をつけた。一気に半分ほどあける。白い喉がなめらかに動くのを見つめた。本当に喉が渇いていたのだろう。

左手首は身体の陰になっていて見えなかった。本当に自傷行為をしたのかわからない。理沙子さんは元気そうとは言い難かったが、いつも通りの少し投げやりで横柄な雰囲気をただよわせていた。

グラスをサイドテーブルに戻すと、理沙子さんは天窓を見上げた。窓はただ黒いだけで、夜に塗りつぶされている。僕は自分の炭酸水の瓶をあけると、そのまま飲んだ。ぱちぱちするかたい水をなんとか飲みくだす。

「なにか欲しいものがあったら呼んでください。僕は下で仕事を……」

「あのひとから聞いた?」

遮られて目が合う。表情らしい表情がない。やはりいつもより青白く見えた。血を失ったからだ、と思うと心臓が軋んだ。

「本当にしたんですか」

僕が目を逸らそうとするより早く、理沙子さんは白い包帯に巻かれた手首をひらひらとふった。

「どうしてそんなことを」

「笑われたから」

ふふっと自嘲気味に笑いながら彼女は言った。

「手首を切ってやるって言ったら、お前はどうせできないって笑ったから。なんでもよかったの、飛びおりでも、道路に飛びだすのでも。あのひとができないって言うことを目の前でやりたかった」

馬鹿な、と思った。でも、「まあ、でも、死にたいとかじゃなくて安心しました」とあえてなんでもない口調で言った。

「そうね」

「売り言葉に買い言葉ってやつですね。次回は自分を傷つける以外のことにした方がいいですよ。先生のカードを使いまくるとか」

笑ってみたが、笑ってはくれなかった。理沙子さんはまた天窓を見上げた。やはり星

ひとつ見えなかった。

「ねえ、あなた言ったじゃない。まずは状況を認めることだって。だから、わたしなりに現状に向き合ってみて、あのひとに問いただしてみたのよ。お互い見ないふりしようとしていたことを目の前に広げたから、あのひとは逃げるしかなくなったし、わたしも追い詰めるしかなくなった。その結果がこれ」

じっと僕を見つめる。

「え、僕のせいなんですか」

「そうよ」と、今度は掠れた声で笑った。ちょっとだけ、甘えるような挑発するような表情を浮かべ、泡のたつグラスに手を伸ばす。

ふいに、さああっと音が降ってきて、数秒のちに雨だと気付く。柔らかいが途切れのない雨で、建物が細い絹糸に包まれていくように感じる。季節外れの台風が向かってきていたことを思いだす。今日は帰れないな、と改めて思った。

「だから、わたしが頼んだの。あなたを呼んでって。ほっとした顔をしたわ、あのひと。なんにも訊かなかった。知ってる？　あのひとって、病気とか怪我とか大っ嫌いなのよ。血もぜんぜん駄目。死の匂いがちょっとでもすると怖くて仕方ないの。さっさとでていったでしょう」

答えなかった。「わたし」と理沙子さんが呟いた。不安げにこちらを見る。

「いま、ひどい顔してる？　お世辞はなしで」

「率直に言わせてもらえば、病床の理沙子さんもなかなかいいと思いますよ」

言いながら、これはどういう状況なんだ、と思う。

このまま流れに身をまかせてしまった方がいいのか。いや、そもそも、僕は理沙子さんの担当ではない。では、これは一体どういう関係なのだろう。曾我野先生へのあてつけに僕を呼ばせたのか、さみしかったのか、そのどちらでもなく、ただの思いつきなのか。

なんにせよ、僕はどこかでボタンを掛け違えてしまったようだ。このややこしい関係に巻き込まれたくないと思う一方で、もういまさら無駄だとも思う。ここで、背中を向けて帰ることは簡単だけれど、その後、理沙子さんがどうなってしまうのか想像すると怖い。曾我野先生だけじゃない、僕だって死は怖い。逃げだしてしまいたい。

雨がさらさらと降っている。疲れているけれど眠くはない。なのに、頭の片隅が鈍く痺れていてうまく考えられない。もうどうにでもなれ、という気分になってくる。

「ねえ」と、理沙子さんが口をひらく。

「こっちにこない」

すごいな、と他人事のように思う。血を失ってこんなに真っ白な顔をしているのに、女の顔をしている。むしろ凄みが増している。

どうしてこのひとの唇は、こんな時でも血のような色をしているのだろう。まるで、触れたらばらばらと散ってしまう大輪の花のように。

僕の背後でざわざわと植物たちが揺れた気がした。ふり返るが、僕の影しかない。夜が濃さを増していく。

男は必ず間違える。

知っている女の声が頭で響く。誰が言っていたんだっけ。思いだせない。思いだせないけれど、頭の片隅で思う。

女は花なのかもしれない。愛でられたいという本能だけで咲く花。

これは謎かけなのだろうか。僕は答えをださなくてはいけないのだろうか。

|7|

人と人との距離の取り方が下手だと思ったことはない。

けれど、今まで付き合った女性たちは「やっぱり一人っ子だからかな」と言った。そ
れは不満のサインで、それを言いはじめるとたいていの女性たちは僕から去っていった。
必ず「離れたくはないんだけど」と僕を責めるような目をして。

けど、の後に続く言葉はなんとなくわかる。人が人に何かを求めている時は、本人が
思う以上にあからさまにでてしまっているものだ。特に女性はわかりやすい。少し前は
よく連絡がきていたモデルのマリなんて、心の声が書かれている電光掲示板を背負って
いるようにすら見えた。

彼女といると、自分は人の求めに応じることに世間一般的な歓びを感じられない人間
のような気がした。植物になら惜しみなく与えられるのに、とよく思った。

けれど、違ったのかもしれない。

僕は女性の底の知れなさが怖い。一度繋がった相手の人格や心の境界線をずぶずぶと侵して、感情や思想さえも共有しようとする様にひるんでしまう。きっと、人の求めに応じることが苦手なのではない。応じてしまったが最後、底なし沼に沈み込むように果てのない欲望に永遠に応え続けなくてはいけない気がするのだ。

あなたといても一人なの。

そう言って去っていった女性たちがさびしかったことはわかる。けれど、僕にはどうしてやることもできない。望むものを与え続けられる確証もない。求めるものが限られている植物ならば可能なのだけど、人はあまりにも無限にたくさんのものを求めてくる。

それに、人が一人なのも、さびしいのも当たり前のことだ。それを不幸と思わなければいいだけのことだと思う。幸福でも不幸でもない、ただの事実なのだから。

繋がる瞬間があったとしても、共有する部分が他の人より多かったとしても、嫉妬や情を感じたとしても、僕と僕以外の人間との境目がなくなることはないのだ。物理的にも精神的にも。

すべてを許して理解しようとしてくれる人もいた。そういう人はそうすることが、人として当たり前の善意や愛情だと思っている分やっかいだった。僕のことを「心をひらいてくれない人」だと言って悲しんだ。

でも、はたして互いに自分をさらけだすことが愛情なのだろうか。

知らないくせに、と思う。僕の三十余年の人生を、そして、あの異国の庭でのひとときを。話したってわかるはずがない。同じようになぞれるはずがない。

それなのに、どうしてわかったような顔で近付いてこられるのだろう。同じ国に住み、同じ言葉を使っていても、僕らは一人一人異なる文化で育っている。これは帰国子女の僕だから思うことなのだろうか。どちらにしても、違いは残り続ける。距離は縮まることはあってもゼロになることはない。愛情によって、ぴったり重なるように理解し合えたと錯覚することはできるし、その錯覚を求めている女性は多いのだと思う。

けれど、見ないふりができない僕は、人と近付けば近付くだけ孤独になる気がする。多分、僕はそんな自分を尊重してもらいたいだけなのだ。

雨はやむ気配もなく、さらさらと降り続けていた。理沙子さんはベッドで上半身を起こしたまま、じっと僕を見つめている。目を逸らしても、話題を変えても、粉々になってしまいそうな目をしていた。

「ねえ」と、彼女が言う。ほんの少し、身体を動かすだけで、彼女を包む香りとも色ともいえない強い空気がゆらめくような気がした。

流れに身をまかせてしまえばいいのだろう。静かすぎるこの家のせいにして、雨があがるまでのわずかな時間、血を失ってしまった彼女に体温をわけてあげればいい。そうしたくないわけではないし、あのつるりとした膝に触れてみたいと思ったこともあった。

けれど、その後は？

僕は悟られないように深い息を吸い込み、ゆっくりと吐いた。

「あの、親がパーティーでいない晩ってありました？」

「え」と理沙子さんが小さく口をひらいた。

「子供の頃、海外に住んでいた時です」

返事はなかったので、話を続ける。

「僕の家には何人か使用人がいたんです。門番とか庭師とか。家のことをやってくれる男性の使用人もいました。親が大人の付き合いで夜に家を空けなくてはいけない時、僕は広い家に使用人と二人きりになりました。といっても、一緒に遊んだりするわけではなくて、それぞれの場所でそれぞれのことをして過ごします」

理沙子さんは僕を探るように見つめていたが、諦めたようにまだ泡のたつグラスに手を伸ばした。

「使用人が用意してくれた食事を大きなテーブルで一人で食べ終えると、使用人は僕におやすみなさいと言いました。でも、もちろん寝ません。せっかく親がいないんですか

ら、こっそり漫画を読んだりゲームをしたりしていました。夜更かしをするとお腹が減ってきて、寝室のある二階から忍び足で台所へ降りると、使用人は居間で一番いいソファに腰かけてテレビを観ていました」

グラスを傾けながらも理沙子さんは僕から目を逸らさない。彼女の喉だけがぴくりぴくりと動く。空いたグラスに炭酸水を注ぎ足した方がいいかと思ったが、後にすることにした。

「彼は現地の人間でしたが、他の使用人と違って英語の読み書きができました。敬虔なクリスチャンで日曜の礼拝は欠かしたことのない、とても真面目で優秀な人でした。無口で几帳面で、ワイシャツにアイロンをかけるのが上手だった。僕のアイロンは彼仕込みです。正直、僕は編集部の女性の誰よりも早く丁寧にシャツの皺をのばせる自信がありますね」

理沙子さんがちょっと笑う。

「わたしは苦手」

「今度、教えてあげますよ。まあ、そんな彼だから、うちの両親も留守と僕の面倒を頼んだのだと思います。だから、彼がくつろいだ様子でテレビを観ている姿を見た時は少なからず驚きました。でも、彼は僕と目が合ってもなにも言いませんでした。謝りもしなかったし、僕がどうしてまだ起きているのか注意することもなかった。台所からお菓

子を取ってきても、僕の存在は黙殺していました」

瓶に口をつけ炭酸水を飲む。やはり慣れなくて顔がゆがんでしまう。

「だから、僕も気付いていないふりをしました。彼はそのことに感謝している素振りも見せなかった。その後も親が夜に家をあける度に、僕らは互いに見ないふりをして好きなことをしました。彼はいつもソファに腰かけてテレビを観ていましたね。いつもの彼からは想像もつかないリラックスした表情をして。たまに声をだして笑ったりなんかしてました。いま思うと、彼の家にはテレビがなかった。養わねばならない家族からも離れて、ひとときの自由な時間を楽しんでいたのかもしれません」

「共犯関係だったのね」と、理沙子さんが挑発的な目をした。

「そうですね。お互いそうしようと言葉を交わしたわけでも、見ないふりを続けてくれることに礼を言うわけでもありませんでしたが。親しくなった手ごたえはあっても、目に見える関係は変わらない。変えようともしない。僕たち家族が帰国する時も、僕と彼は別れを惜しんだりすらしませんでした。人に話したのも、これがはじめてですね」

お盆の上の果物に目をやる。紫色の葡萄は控えめな照明のせいで、ほぼ黒に見えた。つややかな皮の上で光る水の粒が指先を濡らした。植物の静かな体温が恋しいのだと気付く。同じ家に誰かといて。だから、あの時間を時々

表面に水滴が浮かびはじめている。「僕は」と手を伸ばす。

「あの時が一番心地好い距離感でした。

思いだすんです」

白い壁に高い天井、古い木のバーカウンター、磨きあげられた階段の手すり、ひやりとした床。異国の家は空間が広かった。庭の植物たちに囲まれて、いつでも静かだった。人種も年齢も言葉も違う僕と使用人は切りとられた夜に二人きりで、けれど交わることはなくあの空間を共有していた。不思議なことに、血の繋がった家族といるよりもずっと居心地が良かった。

この家の静けさとよそよそしい雰囲気は、あの家の夜に少し似ている。

「でも」と理沙子さんが言った。

「人は変わるものだわ。関係性も変化する。そのまま続けていたら、どうなっていたかはわからないでしょう。特に男と女だったら、ひとつ屋根の下では、なにが起きるかわからない」

「でも、なにも起きなくても構わないわけでしょう。人が思っていた通りのことになってしまうのって、なんだか悔しくないですか。今、僕と理沙子さんの間にあるものを無視してしまうことになる」

人と言ったが、曾我野先生のことだった。手に負えなくなった自分の女を他の男に預けていった男。けれど、今はその名前を口にしない方がいいような気がした。

理沙子さんはしばらく黙っていた。眉間に皺が寄っている。眉は化粧をしていなくて

もきりりと濃かった。しっかりとした鼻筋。スタンドライトが作る顔の陰影を眺めていると、彼女が誰かに似ているのかやっとわかった。女性遍歴の激しかったピカソの八十代の時の妻だったジャクリーヌ。ピカソの描いた体臭がしそうなくらい生々しい彼女のスケッチを思いだす。自分の才能だけで生きている人間の近くにいることで生じる歪みや澱みは、確かに理沙子さんを染めてしまっている。圧倒的な才能を持つ人間に食い潰され侵食された女。でも、それはもう彼女の魅力のひとつになってしまっているのだろう。

理沙子さんの唇が動く。

「わたしたちの間に、なにがあるの？」

「なんでしょう」と僕は言った。

「わかりません。うまく言葉にできません。なにかがあるかもしれないし、ないのかもしれない。でも、今、既存の感情や流れを無理やり当てはめることもないかなと。少なくとも、弱ったあなたをここに置いていく彼に僕はちょっと腹をたてたので、今はその気持ちを大切にしたいんです」

理沙子さんは黙ったまま僕を見つめている。表情が読めない。怒っているようにも、興味を失ったようにも見える。

不安と苛立ちがかすかにわき起こる。こんなところ、でてしまって、僕の部屋で眠りませんか。

もういいじゃないですか。

ふと、そんなことを言いそうになり、そんな自分に少し驚く。深く息を吸い、代わりの言葉を探した。

「めずらしいんですよ、とても」

なるべくゆっくりと言う。

「僕が腹をたてるのは」

理沙子さんが長い髪をかきあげた。目を細める。

「顔にはでないけれど？」

「はい」

ふ、と掠れた声で理沙子さんが笑う。

「めんどくさい人ね」

「最初に言ったと思いますけど」

「そうね」と頷きながら、また笑う。

「ええ、めんどくさい。でも、あなたの言いたいことはわかるわ、なんとなく」

彼女のまわりの空気がゆるむのがわかった。ほっと息をつきたいのをこらえて、「なにか食べます？」と尋ねる。「それとも、少し眠ります？」

「水をもう少しちょうだい」

理沙子さんはそう言うと、背中にあてていた枕を横たえ、軽そうな掛布団に身体をす

べり込ませた。僕は彼女のグラスに残っていた炭酸水を注いだ。

　僕がベッドに近付いても、理沙子さんは身じろぎもしなかった。枕に頬をあてて、泡のたちのぼる透明な水を見つめていた。スタンドライトの照明を少し落とす。

　下に行って冷蔵庫から新しい炭酸水の瓶を取ってくると、理沙子さんは背中を向けていた。肩の辺りが規則正しく上下している。眠ってしまったように見えた。

　一人がけのソファに腰かける。靴をぬいでオットマンに足をのせると、雨音が戻ってきた。時間をおし流していくように雨は降り続けた。

　天窓から差し込む光で目が覚めた。

　慌ててベッドを見る。柔らかそうな掛布団の膨らみにほっと胸を撫で下ろす。グラスは空になっている。傷を負い、必要最小限の水だけを摂り、こんこんと眠り続ける理沙子さんは野生動物のようだった。枕にはあの目の烈しさを取り戻せるといいのだけれど。

　立ちあがると、あちこちの関節が軋んだ。特に首と肩がひどい。肩をまわしていると、背筋がぞくっとした。さすがに身体が冷えてしまったようだ。風邪をひいたのかもしれない。帰って熱い湯船にでも浸かろう。

　音をたてないようにそっと理沙子さんの部屋を出る。階段から見渡せる一階は朝のふ

んだんな白い光に満ちていて、神殿のようにどこもかしこも清潔に輝いていた。昨夜の不穏さはもうあとかたもない。曾我野先生の建築物は、太陽の光でがらりと表情を変える。やはりすごいな、としばし見とれる。こういう家で植物を育てたらいいんだろうな。

濡れた緑の芝生を通って外に出る。閑静な通りには人一人いない。車もほとんど走っていない。駅に向かって歩いていると、理沙子さんが好きだと言っていた天然酵母のパン屋が見えてきた。青と白を基調としたシンプルな店。買っていってあげようと思い、近付いたら営業は十一時からだった。オフィス街ではないとしてもパン屋なのに。この町の人間たちはどんな生活を送っているのだろう。

他に開いている店も見つからなかったので、まっすぐ駅を目指した。念のため、曾我野先生の携帯電話にメールを送っておく。返事はなかった。理沙子さんにメールをしようか迷ったが、起こしてしまうのは申し訳ない気がした。置手紙でもしてくればよかったな、と思いながら電車に乗った。眠そうなサラリーマンや騒がしい学生で埋まった車内に、やっと現実に戻ってきた気分になる。

変な体勢で寝てしまったせいか、頭から首の後ろにかけてどんよりと重い。目の奥も鈍く痛む。こめかみを揉んでいると、優しい色の花が見たくなった。カフェの軒先にあった紫と白の線香花火のような花の名をふっと思いだす。ユーパトリウムだ。ひそやかで儚い小花たち。白い花弁に銅葉のものはチョコレートと呼ばれる。名前も可愛らしい。

気付いたら、電車を降りてしまっていた。なんだか気分が落ち着かず、駅を出て、小石川植物園に向かう。

坂道を降り、住宅街を抜け、灰色の高い塀に沿って歩く。濃い緑の香りが塀の中からあふれてきて肩の力が抜ける。巨大なメタセコイヤの林の奥へと進む。昨夜の雨でぬかるんだ地面であっという間に革靴が汚れた。

相変わらず様々な種類の樹木がジャングルのように野放図に枝を伸ばしている。ヨーロッパの針葉樹林の横に枯れかけのバナナの木があって、その二本を蔦が繋いでいる。

あちこちの木の根元に彼岸花が群生していた。細い花弁を炎のように咲かせている。

木陰にちらちらとあらわれる赤に目を奪われた。別名の曼珠沙華は、仏教では『天上の花』の意味があり、慶事の前触れとして空から降ってくると言われている。けれど、日本では死人花や地獄花、剃刀花といった不吉な別名が多い。

静かな林の中で群生している様を眺めていると、血飛沫（ちしぶき）のようにも見えてくる。美しさと恐ろしさは似ている。大輪の花が咲くのを見るたびにそう思う。摘み取ることも、花瓶に飾ることも、僕にはできない。美しいものは朽ちていくまで眺めるだけだ。触れるものではない気がする。

赤い花にまじって、ちらほらと白いものも見えた。違う花かと思って近づくと、白い彼岸花だった。姿かたちは赤いものとまるで同じだ。血が抜けきってしまったような真

っ白な花弁が、すべてをはじくように景色から浮きあがっている。背筋がすっと冷たくなった。理沙子さんの手首の白い包帯が頭をよぎる。どうも頭から離れない。迷った末に短いメールを送ってみた。数分待ったが、返事はなかった。

いつか緋奈が話していたハンカチの木を眺め、ツツジ園を通り抜け、桜並木の方へ向かおうとしたら、温室の辺りで人が動くのが見えた。学生らしき若者たちが作業着で出たり入ったりしている。温室はところどころ破損していたり黄ばんだりしていて、かなり古そうだった。

女の子が錆びた台車に手をかけ、華奢な身体からは想像もつかないような安定感で山のように盛られた腐葉土らしきものを運んでいく。温室の裏手にまわろうとしているようだった。

立ち尽くしたままの僕を、学生たちがちらちら見はじめたので、温室に背を向けた。道を外れ、伸びた下草の中を歩く。朝露か雨水かわからない水滴がたちまちズボンの裾を濡らした。

群生する彼岸花の間を音もなく歩いていた黒猫が、僕の姿を認めて鳴き声をあげた。立ち止まり、舌を鳴らして手を差しだしてみたが、近付いてはこなかった。僕を見上げて口を逆三角にあけて鳴くだけだった。

一歩踏みだすと、猫は素早く草むらに消えた。

何かに触れたかった。ひんやりした植物ではなく、柔らかい身体やあたたかい体温を僕の身体が求めていた。そのことに気付き、愕然とする。植物にとっての病気は「流れを乱されること」と、ここにいた老人が言っていたのを思いだす。

こんな落ち着かない気持ちで家に帰るのもためらわれたので、駅前のコーヒーチェーン店で卵サンドとカフェ・オ・レの簡単な朝食をとった。胃に食べ物を入れると、身体の冷えもなくなり体調も良くなってきたので会社へ向かった。

空はまた曇りはじめていた。乗り換えが面倒だったので、数駅分を歩くことにした。一昨日、打ち合わせをしたカフェの前を通ってユーパトリウムを眺めたかったのもあった。

カフェの店内はまだ暗かった。椅子とテーブルがしまわれてしまったがらんとしたテラス席に陶器製のプランターが取り残されていた。そこに淡い雲のような小花たちはなかった。繊細な花弁は雨に打たれ、茶色く萎れていた。ユーパトリウムは雨に弱かったことを思いだす。

可憐で儚い花は夢のように一夜の雨で消えてしまった。

自分の中に芽生えた何かも消えてしまったような気になった。

道行く人はそんな僕に不躾な視線をぶつけて足早に去っていった。

曾我野先生の家が灰色に沈んでいく様子を想像して少し心配になる。

店の前からしばらく動けなくなるくらいの衝撃だった。

その日の夕方、曾我野先生からお礼の電話があった。曾我野先生は気まずそうに「助かった」と言い、すぐに電話を切ろうとした。

「あの」と僕は引きとめた。

「理沙子さんの様子はどうです?」

「ああ、特に」と曾我野先生は言い、数秒の沈黙の後「なにか話さなかったのか?」と訊いてきた。

「理沙子さんはずっとお休みになられていましたよ」

「ずっと?」

「はい、朝まで、ずっと」

返事がなかった。「どうかされましたか」と言うと、「あ、いや」と曾我野先生はわざとらしい咳払いをした。

「とにかく助かった。理沙子も落ち着いているし。じゃあ、また」

「ひきつづき、よろしくお願いします」

曾我野先生はめずらしくゆっくり間を置いて電話を切った。いつもなら、「お願いします」の「が」の辺りで電話は切られる。少しだけ小気味良い気分だった。

夜になっても理沙子さんからメールの返事はなかった。

「どうしたの」

鈴のような声がして、緋奈が僕を覗き込んでいた。短い髪からかすかに煙草の匂いがした。青い光に沈んだ静かなバー。僕の他には客はいない。

「そっちこそどうしたの」

「え？」

「煙草、止めたんじゃなかった？」

「んー」と緋奈は片手に収まりそうなくらい小さな頭をまわした。恋人でもできたのかもしれない。

「煙草は肌に悪いよ」

「そうだね」

緋奈が白く凍ったジンのボトルを冷凍庫から取りだす。グラスに注ぎ、トニックウォーターを加えステアする。半月に切ったライムをグラスの縁にすべらすと、軽く絞ってグラスに落とした。最近はずいぶん手際がよくなった。

「はい、どうぞ」

僕の前にグラスを置く。産毛のような細かな泡に覆われたライムを眺め、「頼んだ？」と訊くと「サービス。すっきりしなそうな顔をしているから」と笑った。作り笑顔だとわかったが、それでも人形のように完璧だった。

透明な液体を氷の入ったロンググラスに注ぎ、

僕が黙ったままでいると、緋奈は唇を嚙んだ。赤いぽってりした下唇は外国の柔らかいお菓子のように見えた。

「なんかあった? 羽野さん、今日ちょっと機嫌悪そう」

僕は緋奈のいれたジントニックをひとくち飲んだ。確かにすっきりしてはいたけれど、今の気分には合わなかった。前に理沙子さんが作ってくれたジントニックとは違う味がする。

あれから一ヶ月。理沙子さんからの連絡はない。いつもなら曾我野先生とのやりとりも理沙子さんが間に入るのに、仕事のメールすらこず、家に行っても姿をあらわすことはなかった。曾我野先生も理沙子さんの話題をだしてはこなかった。そうなると、僕から連絡するわけにもいかない。

僕はあの晩、何か彼女の気に障ることをしてしまったのだろうか。

彼女とは性格はまったく違っても共有できるものを感じていた。あの時、僕は言葉を選んで本心から話していたし、彼女なら理解してくれると思っていた。そして、過ちも犯さず、ちゃんと理解し合えた気がしていた。僕らはそれぞれ個として互いを尊重し、同じ夜を過ごせたと思っていた。そのはずなのに。

僕は何かを見落として、やはり間違ってしまったのだろうか。その間違いが何だったのか、どうしていきなり連絡を絶たれてしまったのか、いくら考えてもわからなかった。

わからないと不安で、いま見えている世界がひどく不確かなものに感じられた。見え
ているようで自分は何も見えていなかったのかもしれない。こういう気持ちを僕はたく
さんの人に味わわせてきたのだろうか。急に自分が薄っぺらい偽物に思えてくる。

口をひらきかけて、やめる。緋奈に話しても仕方がない。

緋奈はカウンターの中から僕をじっと見つめていたが、スツールを引っ張ってくると
細い腰をくねらせて座った。カウンターに頬づえをつく。

「誰かが羽野さんの庭をぐちゃぐちゃにしてくれたらいいのにね」

驚いて緋奈の顔を見る。緋奈はどこか遠くを見るような目をしていた。

「庭を」

「羽野さんはずっと自分だけの庭にいるじゃない。そこには誰も入れない」

そんなの当たり前じゃないか。記憶の景色を共有できる人なんているはずがないのだ
から。わからない人間に土足で庭を踏み荒らされるくらいなら、僕は一人の方がずっと
いい。

「だからね、ぐちゃぐちゃにしてしまえばいいって思うの。鉢を叩き割って、葉を切り
落として、幹を引き裂いて、土をまき散らして。もう再起不能なくらいに。そうしたら、
変わらざるをえないでしょう」

「どうしてそんなこと思うの」

緋奈は大きな目で僕を見た。

「あたしがときどき望むことだから」

「壊して欲しいって?」

小さく頷く。

「ねえ、あたし、また家出しているの」

「そんな気がした。いつでも……」

「行かない」と遮られた。「羽野さんは何度もそう言ってくれる。でも、あたしはもうあの部屋では暮らしたくないの。知ってた?」

大きなビー玉のような目が僕を見つめる。声がでず、首をふる。

「あたしが羽野さんの部屋を出ていった理由わかる?」

「わからない」

僕はもうひとくちジントニックを飲んだ。さっきよりも苦味が増したような気がした。

「羽野さんの部屋ってあたしみたいだと思ったの」

「え」

「不自然」

思わず緋奈の顔をしげしげと眺めてしまう。整った顔に青いライトが差していて、なめらかな白い肌がますます作り物っぽさを増している。

「鉢替えを手伝ったことがあったでしょう。あの時、ぞっとしたの。ごそっと鉢から抜けた土が白い根でいっぱいになっちゃっているのを見て」

「だから、鉢を替えるんだけど」

「葉や枝は剪定してかたちを保っているけれど、見えない場所ではあんな風に根を伸ばしているんだってはじめて知った。植物がすごく凶暴な生き物に見えた。貪欲で、生長したいっていう欲望しかなくて。あたしも一緒なのかもしれない。小さい頃から可愛く振舞うようにお母さんに剪定されていたけれど、心の中ではどろどろしたものが渦をまいていた」

緋奈が手を伸ばして焦れたように僕のグラスを摑む。細い顎をのけぞらして半分ほどごくごくと飲んだ。

「だから、広い世界にでようって思った。貪欲な根を伸ばしても伸ばしてもまだ先があるような、自分で選んだ場所に行こうって。羽野さんの部屋は『そのままでいい、そのままでいい』って言い聞かせてくるみたい。不自然だと思ったの」

「僕はね」と、息を吐いた。

「小さい頃に広い世界に行って、一度変化したんだ。価値観がすっかり変わった。今もその変わった場所、定点にいるんだよ。もう変わる必要はないし、今の自分に満足している」

「ほんとうに？」と、緋奈が顔を寄せてくる。

「どうしてそう思うの」

「だって、羽野さんってファンタジーなんだもの。　作り物みたい。

うまく飲み込めなくて言葉を失う。

「人にはみんな欲望がある。それぞれ違う場所にあるけど、ちゃんとある。でもね、羽

野さんからはそれを感じない。なにをしたいのかわからない。なんだか気持ちが悪い。

羽野さんはいつも表面だけ相手が望むようにふるまっているだけで、意志も望みもない。

植物を大切にして花を咲かせて生命の欲望を支配している気になっているけれど、それ

も植物の要望に応えているだけ。自分の手に負える程度の欲望しか所有しない」

「緋奈、それは違う……」

「違わない。これはあたしから見た羽野さんよ。あたしの世界では真実なの」

緋奈はきっぱりと言った。

「昔のあたしがそうだった。人の望むことに応えてその場その場をうまくやるだけで、

本当はなにがしたいのか見失っていた。でもね、そのくせ実は待っているの。誰かが変

えてくれるのを。自分からは決して手を伸ばさないで、真っ白な根で心をぎゅうぎゅう

に縛って。羽野さんはね、植物に囲まれて眠っているお姫さまよ」

お姫さま。ずらりと並んだ酒瓶を眺め、カウンターに置かれた自分の手を見る。ひと

まわりも下の女の子にこんな風に思われていたなんて。　頭が真っ白になって、何を返せばいいのかわからない。

「でも、あの部屋がある限り羽野さんは変わらない。あの部屋には先がない」

ひとりごとのように呟く。

「緋奈」と言って彼女の顔を見て、ぎょっとした。　顔も身体も妖精のように可愛らしいはずなのに、目が魔女のように老いていた。　僕の知っている緋奈は可愛げではなかった。この女はいったい誰だろう。　怖い。まだ、あの晩の理沙子さんの方が可愛げがある。　女の気配よりもっと深くて鋭くて危険なものが、緋奈の目の中にあった。

そうして、はっと冷水を浴びせられた気分になる。　緋奈も僕と同じで、人の求めるものに表面的に対応できる人間ならば、僕が見ていた緋奈は僕に合わせて作られた緋奈だったのではないか。　少女のように見えて、もう二十歳を過ぎていることを思いだす。　僕の植物であふれる部屋に唯一居ることができたのも、幼い頃から大人の世界で生きてきた彼女が身につけた処世術の賜物なのかもしれない。

緋奈も僕のように人生のターニングポイントを一度過ぎた人間だったとしたら。

じゃあ、彼女の本性はどこにあるのか。

誰よりも美しい顔をして、小動物のように愛らしい存在だと思っていたのに。

こんな花は知らない。

いや、花じゃない。彼女も僕と同じ庭を持っている。彼女だけの庭を。僕にはその一部分だけしか見せてこなかったのだ。

きっと、タナハシも。ゴミに溢れた部屋がよみがえる。

気がついたら立ちあがっていた。

「羽野さん」と、いつものあどけない表情に戻った緋奈が僕を見上げる。

「言い過ぎたね。ごめんなさい」

「いや」と、僕は微笑みを作りながら首をふった。

「緋奈がそう思うんなら、そうなんだと思うよ。緋奈の世界では」

緋奈の目がかすかにかげった。ひんやりした影の中に足を踏み入れてしまった時のように彼女の表情から温度がすうっとひいていく。

「今度、銀杏並木でも散歩しよう」

ジャケットをはおりながら言うと、緋奈は「まだ冷え込みが足りないから、当分は色づかないって」とグラスを下げた。

「先生が言ったの?」

緋奈は微笑むと、ゆっくり頷いた。

部屋に戻ると、玄関に立った。暗闇の中、寝室を眺める。カーテンを開けっぱなしの窓から都会の騒がしい光がちかちかと入ってくる。赤や黄色のライトに照らされて、植

物たちの葉が黒々と薄闇に浮かんでいるように。

電気を点けたくない気分だった。けれど、いま唯一咲いているシクラメンの花だけは確認しておきたかった。赤や紫が多いが、僕のは白い株で、本当は緋奈に画像を見せて分けてあげるつもりだった。寒さに強く、冬を彩ってくれる花。

玄関のライトを点けると、靴箱の上に置かれたタナハシの苔玉がまっさきに目に入る。季節が変わってもタナハシは会社を休み続けている。連絡もきていない。ずっと湿らせてはいたが茶色いままだった苔玉に、ピアノ線のように細い胞子体が伸びはじめていた。透明な黄緑をしている。真新しい植物の色。これから寒くなってくるこの時期はほとんどの植物が生長をとめる。肥料も与えず、水もやりすぎず、見守ってやらなくてはいけない。そんな時にまだ生きていることを証明してくれた小さな苔玉に愛おしさが込みあげた。

けれど、次の瞬間、緋奈に言われたことが蘇った。

植物の要望に応えているだけ。

それの何が悪いのだろう。それが悦びならば、それでいいのではないだろうか。得られないものを他者に求めるよりずっとましな生き方だろう。

そうは思うのに、さきほどわきあがった愛おしさは火が消えたように鎮まっていた。

僕は苔玉に霧吹きで水をかけると、靴を脱いで部屋に入った。

その二週間後、緋奈の働くバーに行くと、バイト募集の張り紙がしてあった。緋奈はいなくなっていた。

「突然、辞めちゃったんだよね」と、初老のマスターは困ったように笑った。

乾燥した空気の中、裸の並木坂をのぼり、真っ白の封筒から招待状を取りだす。ホテルの入口で正装したスタッフに渡し、中に入った瞬間に息を呑んだ。

密林だった。木枯らしの吹く外から一転して、むわっとした蒸し暑い空気に包まれる。水の匂い、濃い緑の匂い、そして、甘ったるい果実の匂いもする。巨大なガラスのドームの中に十メートル以上の南国の木々がそびえたっている。バナナやパパイヤ、ココナッツといった果樹も多く生えていて、ガジュマルのうねうねとした根が床を這っている。

小さい頃、僕がいた庭を思いだした。いや、あそこよりももっと深い。青みを帯びた大きな緑の葉に遮られて奥がよく見えない。

奥から水の音と人々のざわめきがもれてくる。中央に向かってゆるやかな木のスロープになっていて、その下を水が流れている音がした。こりゃあ、管理が大変だね。

「すごいフロントロビー作っちゃったなあ。こりゃあ、管理が大変だね」と、後ろで大久保編集長がのんびりと言った。彼の存在をすっかり忘れていた。今日はホテルの改装

記念パーティーだった。

「曾我野先生、見つかるかなあ」と先にたって歩いていく。進むと、あちこちの木陰にソファやテーブルがあるのがわかった。中央は少しひらけて立食会場になっていた。シャンパングラスのタワーが天井から差し込む日光にきらきらと輝いている。

「夜？　夜は闇が濃くなって、都会じゃ味わえない雰囲気になるね」

曾我野先生の大声が聞こえた。人を避け、モンステラの葉をくぐり、声のした方へ行く。曾我野先生は蘇鉄の横で新聞記者らしき男性相手に話をしていた。いつものラフな格好だったが、伸ばしっぱなしだった蓬髪は短く切られハットを被っていた。

「こんにちは」と声をかけると、ぎょろりとした目で僕を見た。

「おお、君か」と、笑いながら僕の肩をばしばしと叩く。

「先生の特集、とても評判が良かったです。ありがとうございました」

「ああ。こっちこそ、ヒントをありがとうな」

「ヒント」

「ほら、前に君が小さい頃に印象的だったホテルを話してくれたじゃないか。いい参考になったよ」

「あの奥にさ、池も作ったんだよ。噴水がきらきら吹きだすような、きれいな池じゃな

色とりどりの料理が並ぶテーブルの方を指す。

い。水中植物がわんさか茂る緑色の池だぞ」

僕を見上げて悪戯っぽく笑った。

「ワニがいるかもしれないぞ」

「ワニ」と僕は繰り返す。

「見てこいよ」と背中を押される。数歩進んで、「あの」とふり返った。

「理沙子さんは、今日はいらっしゃるんですか?」

曾我野先生がわざとらしい大声で笑った。

「あいつね、出ていったよ」

「え」

「俺、ふられちゃったの。お世話になりましたって。やっぱ難しいね、ああいう芸術肌の子はさ。最後に臆病者って鼻で笑われちゃったよ」

またなんでもないことのように笑う。かすかに苛立ちが込みあげた。

「もしかして」と僕は食い下がった。

「僕のこともそう言っていました?」

「君のこと?」と髭を掻く。にっと下卑た笑いが浮かんだ。「なんだ、やっぱり君もか」

とおどけた仕草で握手を求めてくる。

へらりと笑って手を差しだすべきだった。けれど、僕の身体は動かなかった。黙った

まま立ち尽くす僕を、曾我野先生は怪訝な顔で見た。憐れむような苦笑いを一瞬浮かべ、すっと目を逸らした。すかさずスーツ姿の女性が曾我野先生に話しかける。押し寄せる人で、僕は彼を囲む輪から徐々に離れていく。曾我野先生はもう僕を見ようとはしなかった。

笑い声に背を向けて、彼が指した方へ歩きだす。

緋奈の温度のない目を思いだした。あれは諦めだった。僕は愛想を尽かされたのだ。

恐らく、理沙子さんにも。

木板の下の水音がどんどん強くなって、人々の喧騒が一枚一枚カーテンを閉じるように遮られていく。大久保編集長の声がしたが、構わず鬱蒼とした緑の中を進む。どこかで鳥のはばたきが聞こえた気がした。虫の声、幹をすべるトカゲの尻尾、熟れた果実が地面に落ちる音、飛び散る果汁、揺れる原色の花々。空気は植物の呼気に満ちていて、汗ばむほどに蒸し暑い。

おかしい、と思う。もう植物たちは眠る季節のはずなのに。こんなに緑が深いなんて。

ここは一体どこなのかわからなくなってくる。僕の庭よりももっと原始的で、凶暴で、美しいこの庭は、誰の庭なのだろう。

ふいに女性の声が響く。ささやくような笑い声。

ふり返る。辺りは一面の緑で何も見えない。

幹の裏にまわり、葉の陰を覗く。誰もいない。

そうだ、みんないなくなったんだ。僕に関わった女性たちはみな消えていく。どうして

てなのだろう。どうして僕は誰も幸せにすることができないのか。

また声がした。誰なのだろう。ミカミさん、高津副編集長、タナハシ、緋奈、そして、

名も思いだせない女性たち。ひとりひとり思いだしてみるが、違う。ここは彼女たちの

庭ではない。僕は誰の庭も知らない。僕が誰にも自分の庭を見せないように。

ワニがいるよ。

また、女の声が聞こえた。

顔をあげると、目の前に大きな赤い花が垂れさがっていた。松ぼっくりのように大量

のバナナを実らせている。実の先端についた花はうっすらひらいて僕を見下ろしていた。

攻撃的で甘ったるい気配が漂っている。

長く黒い髪と赤い唇、意志の強そうな眉が浮かぶ。

ゆっくりと手を伸ばす。大きな赤い花はひやりと冷たかった。

わからない。僕は彼女の体温を知らない。彼女の肌も、その奥も。

携帯電話を取りだして、電話をかける。コール音を片耳で聞きながら、道を逸れて植

物の茂った中へと踏み込んでいく。尖った葉が僕の腕を傷つけた。あたたかいものがつ

たった気がしたが、痛みはまるで感じない。構わず、進む。むせかえる植物の気配が僕

を覆っていく。

　池が見たかった。深緑色の、底の見えない池を覗き込みたいと思った。たとえ、ワニがいようとも。そこに映る自分の顔を見なければいけない。もう子供ではない、自分の顔を。

　赤い唇の彼女に会いにいくのは、きっとそれからだ。

　水の匂いが強くなる。

　僕は深い緑に包まれた。

解説

尾崎世界観

物心ついてから、テレビで芸人が人の容姿に言及して笑いを取る場面をよく目にしてきた。それに違和感を覚えても、子供心に、ただ何となく笑っていた。だってみんながそうしていたし、大きな文字で正しそうなテロップが出ていたから。そんな風にしていつも流されてきた。でも、ここ最近、そういった流れに以前にも増して強い変化を感じるようになった。人を傷つける尖った笑いよりも、人を傷つけない優しい笑いが支持されている。でも、「人を傷つけない笑い」の時のそれとまったく同じものだろう。たとえ何で笑っていても、笑顔は一つしかないのだから。

ここでもまた、流されている。時代と共にアップデートを。頭では分かっていても、染みついたものをそう簡単には変えられず、笑うということに腹筋運動じみた負荷を感じる。それと同時に、自分自身もメディアで言葉を発するときに過剰に気を使うようになった。そうして過剰包装された言葉は、自分でも中身が何だかよくわからなくなるこ

とがある。不適切な発言を恐れるあまり、不十分な発言になってしまう。とにかく今は、言葉を扱うのが怖い。

怖いといえば、植物もそう。言葉が怖ければ、言葉を発さない植物だって怖い。人間が必死になって、互いに目に見えない「成長」を求めたり認めたりしている間に、植物は目に見える「成長」をする。その迷いない変化を素直に認められないだけでなく、どこか不気味ささえ感じてしまう。

そんなだから、「咲く」ということにも、「裂く」を連想する。決して人を傷つけることなく、自らが傷つく植物の、裂け目から顔を出すその花びらを綺麗と呼ぶことに気後れしてしまう。

植物は静かだ。最初から一切が確定していて交渉の余地もない、子供がじっと向けるまなざしのようなあの真っ直ぐさに尻込みしてしまう。それでも意を決して近づけば、痺れるようなにおいに息が詰まる。本作の主人公である羽野は、人より植物に愛情を注いでいる。その為、恋愛をはじめ、人間関係に強く踏みこまない。「人を傷つけない」ならぬ、「人に傷つかない」だ。

ネットニュースは今日も有名人の炎上を伝えていて、そうかと思えば、その裏でまた

別の有名人がどうでもいいことで賞賛されている。そのどちらも紙一重で、世間の気分によって選ばれる。

花壇の手入れでもするかのように、行き過ぎた人が叩かれ、ならされた土の上にまた新しい人が顔を出す。

子供の頃は夢中になって宝探しをしていたのに、大人になれば、誰もが間違い探しばかりしている。みんな余計なお世話が大好きだ。

羽野は部屋で植物に囲まれながら、そんな窮屈な世界と距離をとっているのかもしれない。

植物の成長を徹底的に受け入れることで、人とのやりとりで生まれる感情の停滞をやり過ごしていく。決して空気を読まず、何も溜め込まず、あくまでただの結果としてその成長を見守る。そこには、ただの呼吸だけがある。

ふと、子供のころの、「何してるの？」「息してるの」というやりとりを思い出す。あれはただ相手を馬鹿にする為のものだとばかり思っていたけれど、大人になった今こうして振り返るとなんだかとても感慨深い。

千早さんの小説の登場人物は、いつでも個包装された清潔を持っている。どの繋がりもしっかりと精神的ソーシャルディスタンスを保っていて、読むと落ち着く。だから羽

野はもちろんのこと、江上さんにも、タナハシにも、ミカミさんにも、森田くんにも、高津さんにも、（大久保編集長はそうでもないか……）曾我野先生にも、理沙子さんにも、緋奈にも、ちゃんと一定の近寄り難さがある。これは、映画監督、ジム・ジャームッシュの作品の登場人物にも通ずるものだと思う。それぞれがそれぞれの関係をサボっていないから、その繋がりに緊張感と奥行きが生まれ、やがてそこに不思議な空気がただよう。そして、それを読むのが楽しい。だから、空気を読むというのは、本来そういうことだと思っている。決して後ろ向きでなく、とても豊かなことだ。

愛情を注いでいても、友情を確かめ合っていても、たとえ憎しみ合っていても、その繋がりをべたべたと馴れ馴れしい衝動で片付けたりしない。言わなくてもわかるということを、ちゃんと言葉にして言う。だからこそ、作品の登場人物を信頼できる。気合や情熱、青春や涙、そんなものはどうにもならないことを、根気強く言葉にして動かしていく。これがどれだけ骨の折れることか。どんなに信じ難い悲惨な出来事を前にしても、人間はそんなに簡単に壊れてしまえない。腹が立つほどに冷静な思考が、肉体を持て余してしまう。

あれはいつだったか。家に帰ったら電気が止められていて、それまで溜まっていたものが溢れ、何かが切れた。それなのに、もう死んでしまおうと思いながらも、近所のコンビニへ滞納していた電気代を支払いに行った。これから死のうとしているのに、まず

は電気をつけなきゃ始まらないと思った馬鹿な精神が、コンビニ特有の青白い明かりに照らされて恥ずかしかった。インクの滲んだあの領収印を、今でもよく覚えている。

千早さんの小説は、そんな世話の焼ける読者をちゃんと待っていてくれる。ちゃんとひとりを引き受けた上で、ひとりがひとりに向き合ってくれる。美味しい料理でも作るかのように、丁寧に、根気強くやりとりを重ねてくれる。

どこまで行ってもわかりあえない人間同士のその気まずさに、途方もなさに、潔白に、いつも安心する。

作中、同僚のタナハシが出てくる場面でいつもふっと気が緩むのは、羽野が最も自然な距離感で対峙している印象を受けたからだ。ある日とつぜん、羽野はそんなタナハシの意外な一面を目の当たりにする。植物とは真逆の、人間を通り越した動物的本能すら感じさせるタナハシの新しい一面を。そこでも羽野は徹底的に観察する。狼狽しながらも、自分の知らないタナハシや、タナハシの部屋から目を離さない。その鋭いまなざしは、残酷とさえ言えるのかもしれない。

終盤に出てくる〈紫色の葡萄は控えめな照明のせいで、ほぼ黒に見えた〉という文章に摑まれた。物語の中で見つけたこのさり気ない言葉に、自分の生活がすっぽりと当て

はまった。時々こういう体験があるから、やっぱり小説を読むのをやめられない。本当に、生きているとこんなことばかりだ。たしかに紫なのに、なぜだか黒に見える。しかも、控えめな照明のせいでだ。そんなちょっとしたことで、だれも悪くないのに。でも、葡萄はどう見たって黒い。人生の喜びや憂鬱のほとんどが、こんなささやかな行き違いでできているんだろう。これによって、普段からいかに目で見えるものに惑わされているのかがわかる。そうしてわかっていても、控えめな照明ごときに心が飲み込まれることがある。

新型コロナウイルスによって、人と人の距離感も変わってきた。そんな中、長い自粛期間を経て、久しぶりにスタジオでバンドの練習をした。そこにとりたてて感動があるわけでもなく、植物に水をやるように、あくまで習慣として楽器を鳴らし歌い、増幅された音を全身で浴びた。誰に聴かせるでもない演奏が、せまいスタジオの中で困っている。途中、体や機械が発する熱を冷まそうとエアコンをつけた。黒ずんでベタついたりモコンをエアコン本体に向ける。運転ボタンを押すと、指の腹にしつこい感触が残った。ろくに返事もせず、無愛想に作動したエアコンから冷たい風が流れてきた（なぜかスタジオのエアコンは、どこも大抵二十二度に設定されている）。すると同時に、地下鉄のホームで嗅ぐような、あの独特の湿ったにおいが部屋中を満たした。埃や汗や、焼けた

鉄のにおいが混じった風だ。昔からこのにおいが好きだ。嗅げば、幼少期に両親や友達と都心に出かけた記憶が蘇る。昔はもっと街全体が汚くて、歩く景色が灰色だった。そ
れだから、目的地に着いた時の感動や、家に帰った時の安心もひとしおだったのだろう。

そんなことを思いながら、胸いっぱい、体に悪そうな風を吸いこむ。

こんな時、羽野なら真っ先に植物のにおいを嗅ぐはずだ。だからこそ、このことを羽野に話してみたい。途方もない伝わらなさに呆れながら、その距離感に安心したい。

最近、またタバコを吸い始めた。ベランダに出て、手すりにもたれ、煙を吐き出す。

もう一口。吸い込めば、エアコンの風とは比べものにならないほどに体に悪い。

言葉が怖い。植物が怖い。でも、言葉で植物が書かれたこの小説が好きだ。

タバコを灰皿に押しつけて、もう一度息を吸い込む。

梅雨の夜、どこからか植物のにおいがする。

（ミュージシャン）

ガーデン

定価はカバーに
表示してあります

2020年 8 月10日　第 1 刷

著　者　千早　茜
　　　　　ち　はや　あかね

発行者　花田朋子

発行所　株式会社　文藝春秋

東京都千代田区紀尾井町 3-23　〒 102-8008
Ｔ Ｅ Ｌ　03・3265・1211 ㈹
文藝春秋ホームページ　http://www.bunshun.co.jp

落丁、乱丁本は、お手数ですが小社製作部宛お送り下さい。送料小社負担でお取替致します。

印刷・萩原印刷　製本・加藤製本

Printed in Japan
ISBN978-4-16-791540-7